集英社オレンジ文庫

神隠しの森

とある男子高校生、夏の記憶

梨　沙

本書は書き下ろしです。

目次

イラスト／おかざきおか

序章

祟り神の村

荒霊村《あらたまむら》には祟《たた》り神《がみ》が棲《す》んでいた。

血のように赤い着物で新雪の肌を包み、闇夜《やみよ》に染まる髪を風で乱す、女の姿をした神だった。

現代社会においてなお、子どもたちは祟り神の話を聞いて育つ。

祭事のときは決して外に出てはならないよ。

出れば赤姫《あかひめ》に〝引かれ〟てしまうから、と。

そうして引かれた子どもたちは、物言わぬ骸《むくろ》となって戻ってくる。


——だけど、怖がってはいけない。赤姫は恐ろしい神様だけど、子どもを守る慈悲深い神様でもあるのだから。


老人は怯《おび》える子どもたちにそう諭《さと》す。

そして続けてこう言うのだ。もしも神様に会ってしまったら、決して目を合わせないように、と。見れば魅入られる。

物心つく前から繰り返し言われ続け、いつしかそれが子どもたちの常識になった。

それでも、今もなお数年に一度の割合で子どもが赤姫に引かれて命を落としていた。

四年に一度、その引きが強くなる。

〝大祭《たいさい》〟のはじまりだ。

その三日間、男たちは例年以上に祭りに力を入れる。

妻や子を家の中に閉じ込め、決して出ないよう言いつけて乱痴気《らんちき》騒ぎに明け暮れるのだ。

赤姫祭りがいつからはじまったのか、記録は定かではない。

明治に入り、新暦に改まったころにはじまった比較的新しい祭りであるという話もある。

けれどそれも噂《うわさ》の域を出ない。そんなすべてがあやふやな中、残っている口伝《くでん》がある。

それが、赤姫が幼子を連れ去るという言い伝え。

そして、赤姫が鬼を伴侶《はんりょ》に選んだという、世にもおぞましい逸話だった。

第一章

聞こえない声

1

叶本気《かのうモトキ》が村と市の違いを調べたのは小学校の高学年のころだった。

山の窪地《くぼち》にひっそりと横たわる荒霊村《あらたまむら》の人口は二千人弱——法令である五万人には遠く及ばず、もうそれだけで市になる資格を持たなかった。

荒霊村を一言で表現するなら田舎である。それも〝ド田舎〟だ。もとは塊村《かいそん》——人々が集まり自然発生した集落だが、山頂から見れば田畑と民家がくっきり分かれたのどかな農村だ。どっしりとした古い日本家屋から一歩外へ出ると、周りは青々と葉を揺らす田畑が視界を埋める。水田では、割烹着《かっぽうぎ》に似た作業着に麦わら帽子をかぶった中年の女が、稗《ひえ》と呼ばれる雑草をせっせと刈っていた。舗装された道には軽トラックに交じって耕耘機《こううんき》が軽快に走り、信号ははるかかなたにしか認められない。

用水路にはメダカとゲンゴロウが泳ぎ、蟬《せみ》は今とばかりに大合唱で夏を謳歌《おうか》する。

稜線《りようせん》の緑に澄《す》み渡った青い空、目に痛いほど白い雲。

熱をはらんだ風に短冊《たんざく》がひるがえり、風鈴が高く澄んだ音色を響かせる。

「いやあ、夏だねえ。田舎の空ってびっくりするくらい高いところにあるよね。ところで本気と書いてマジと読む……」

外輪《そとわ》法介《ほうすけ》が、縁側に腰かけるモトキの隣に陣取って黒縁眼鏡をきらりと光らせる。モトキの名前が〝本気〟なのは、母が「格好いい」という理由でつけたのが原因であってモトキのせいではない。モトキは無言で法介の形のいい後頭部をはたいた。

「用がないなら帰れ。俺は忙しい」

法介を睨《にら》んだあと半月に切ったスイカを貪《むさぼ》る。甘い果汁がぼたぼたと足下のくぬぎ石を濡《ぬ》らした。ああ、もったいない、そうつぶやいた法介がずれた眼鏡を右手人差し指で押し上げて、青いシャツの胸ポケットから手帳を取り出した。

「とか言いながら、スイカ二個目じゃないかー。校内新聞用になにかネタを提供してよ」

「ネタなんて別に俺に訊《き》かなくてもいいだろ」

松や柿、ミカンをはじめとする数種類の木が植えられたシンプルな庭に、行儀悪くぷっと種を吐き出す。草の中に落ちた種が視界から消えた。

「村の伝承とか言い伝えとかを訊きたいのに、夏合宿や旅行で全然連絡取れないんだよ。クラスのやつも、新聞部の先輩も。電話かけても適当にあしらわれるし……」

大祭《たいさい》を警戒し、子どもが赤姫《あかひめ》に引かれないように安全な場所へ避難したのだろう。電話なら問題ないはずだが、それでも念には念を入れて連絡自体を禁止しているに違いない。

「――近所の人に訊いたら？」

「それこそ適当にあしらわれる。赤姫祭りのときは家から出るな、玄関にはしめ縄を吊《つ》るせとか言って、なにがなんだかさっぱり」

生まれも育ちも荒霊村のモトキとは違い、法介は今年の三月に越してきたばかりの〝よそ者〟だ。赤姫のことをよそ者に伝えても信用しないと考えたのだろう。

「外輪って誕生日いつだっけ？」

「六月三日。叶は？」

「……八月十一日」

「八月十一日ってなにかあったような……あ、赤姫祭りの最終日だ」

手帳をめくって走り書きをする。罫《けい》線が見えなくなるほど書き込まれた手帳は、夕食の献立《こんだて》やどこでなにをもらったかなど雑多な情報であふれていた。そこに、モトキの誕生日が追加される。

ひょろっとしたもやしっ子のくせに、モトキより二センチ高い一七一センチ、おまけに二カ月もさきに生まれたらしい。

モトキが食べ終えたスイカを皿に戻すと、背後からふすまを開ける音がした。まあ、と、母のアンナの声が続く。

「あ、お邪魔してます！」

ふすまの隙間《すきま》から顔を出すアンナに、法介がへにょりとだらしなく笑った。

「いらっしゃい、外輪くん。いつもモトキと仲良くしてくれてありがとう」

アーモンド色の髪を三つ編みにして青い目を細めて微笑《ほほえ》むアンナは、手にした麦わら帽子とすっかり板についた農家ルックで年齢不詳な外見をしている。

「モトキったら、自分ばかり食べちゃだめでしょ。お客様にもお出ししなきゃ」

法介が「お構いなく」と笑った。無反応なモトキに溜息《ためいき》をついたアンナは、額《ひたい》に浮く汗を肩にかけたタオルで軽くぬぐった。

「ミツさんに、宇城《うじょう》さんの蔵の掃除をしてほしいって言われたの。お願いできる？」

「なんで俺が」

「日当一万円ですって」

荒霊村で高校生が収入を得る方法は、村唯一のコンビニと文房具屋、各農家の臨時バイトの三点と相場が決まっている。その中で日当一万円を払ってくれるところはない。

「叶が行かないなら僕が」

「誰が行かないって言ったんだ」

嬉《うれ》しそうに声を弾ませる法介に、モトキは慌てて言葉をかぶせる。アンナはくすくすと笑いながら「よろしくね」と、手をふった。

パタンと閉まるふすまを見て、法介が感嘆の息をついた。

「やっぱきれいだなあ、叶のお母さん。イギリス人？　ヨーロッパ系だよね？」

「イギリスと日本のハーフ」

激怒するとネイティブな英語が飛び出すタイプだ。本気で怒らせたことなんて、七歳の夏休みのただ一度だけだったが。

「叶はクオーターか。いいねえ、国際的で」

母譲りのアーモンド色の髪と、闇《やみ》の中では引き込まれそうな黒に転じる灰青色の瞳、どんなに焼いても赤くなるだけの肌——注目されるだけで利点のない外見だが、三白眼《さんぱくがん》を気にする法介にはそう見えないらしい。うらやむ法介を無視してスニーカーを履く。雑草はびこる裏庭を横切り、古い門構えを抜ける。築八十年の日本家屋は古ぼけた平屋で、部屋数こそ多いがすきま風が吹き込む粗雑な造りだった。

「絵になるなあ」

足を止めた法介が、首からさげたデジカメのシャッターを切ってから小走りでモトキの隣に並んだ。車を避けて南に伸びる農道に向かう。広がる水田で視界が緑に染まった。

「宇城さんって、地主の宇城さん？」

日差しにうんざりするモトキとは逆に、法介は楽しげにシャッターを切りまくっている。法介にとっては〝地主〟という響きも新鮮に感じるらしい。声が弾んでいた。

「確か、村で一番大きなお屋敷なんだよね？」

村という表現で田舎が強調される。モトキが押し黙っていると法介の言葉が続いた。

「村っていえば、僕さ、近所の人がどんぶりでおかずを持ってきてくれるなんて都市伝説だと思ってたよ。よかったらどうぞって、にっころがしもらったときは感動した」

「なにそれ、都会自慢？」

「そういうわけじゃないけど……前は隣の家から手作りお菓子もらっても、母親が気持ち悪いって捨てちゃってたんだ。父親がもったいないって嘆《なげ》いてたなあ」

そう言ってシャッターを切った。

荒霊村は一丁目から四丁目まであり、村唯一の信号である中央交差点を中心に、一丁目が南西、二丁目が南東、三丁目が北東、四丁目が北西と区分されている。モトキの家は北東の三丁目で、法介の家も、これから向かう宇城家も三丁目だ。

農道を東に折れ、しばらく進んで竹林に伸びる小径《こみち》へ足を踏み入れる。舗装された小径をはみ出し、真っ赤な車が止めてあった。花柄のクッションやレースのティッシュボックスから、所有者は女性に違いない。宇城家の客にしては珍しい。正面を見ると、竹林の奥に旧家と呼ぶにふさわしい見事な門構えの日本家屋が、深緑に包まれるように建っていた。親子代々土地を守ってきたモトキの家も敷地内に小さいながらも蔵があり、離れを作るほど広いが、宇城家は規模が違う。旧家の宇城氏が興した不動産会社は不況にも負けず業績を伸ばし、その息子は都心のマンションに一人暮らしをしながら高校に通っている。住み込みのお手伝いさんが一人、通いのお手伝いさんが五人、さらに庭師までいるにもかかわらず、家人は滅多に帰らないという贅沢《ぜいたく》な暮らしをしていた。

「こ、これが宇城さん家《ち》？　なにこの規模。これって一般家庭のレベル？」

「竹林から山を含めた一帯が宇城の土地。他にマンションとか倉庫とか、全国展開中」

「はー。お金って、あるところにはあるんだね」

法介がシャッターを押しながら感心していると、柔らかな声が聞こえてきた。

「あら、叶の坊ちゃん。来てくださったのね」

裏庭にいたのだろう。白い髪をお団子にした割烹着姿のミツが、ちょこちょこと小股で近づいてきた。相変わらず小さい。一四〇センチになんとか手が届くといった身長が心許《こころもと》なくて、手伝ってほしいと言われると、モトキはついつい引き受けてしまう。

「蔵の掃除、やりに来たんだけど」

「あらまあ、お友だちもご一緒なんですね。ありがとうございます」

「外輪法介です」

どうも、と、不自然なほど深く頭を下げる法介に、ミツはころころと笑った。ミツは屋敷から鍵を取ってくると、モトキたちをうながしゆったりと家屋の西側に向かった。

優雅に錦鯉《にしきごい》が泳ぐ池にししおどし、苔《こけ》むした灯籠《とうろう》、大地に根を張ったように景色に溶け込む岩、豊かな枝振りの松――何度見ても見事な庭園だ。

「ミツさん、竹垣が壊れてる」

モトキが庭の奥を指さすと、紐《ひも》が切れた竹垣にミツは「あらまあ」と目を丸くした。

「次は土塀《どべい》にしましょうかって、一昨日《おととい》旦那様と話したばっかりなんですよ」

おっとりと言いながら、ミツはモトキたちを蔵の一つへ案内した。錆《さ》びた南京錠《なんきんじょう》を開けると、ひんやりとした空気が頬《ほお》を撫《な》で、肌がわずかに粟《あわ》立った。

窓から零《こぼ》れる光とかすかにただようすえたカビのにおい。大量の箱が収められた棚――異変はない。気になる点もない。だが、なぜかゾクゾクと背筋が冷えていく。

「……変なものは……いない、よな……？」

空気の密度が違う。熱くゆるんだ外の空気と、キンと張り詰めた蔵の中の空気。目をこらすと、蔵の中にひそむ闇に妙な気配が混じっている。

「埃《ほこり》を落として掃きだしてください。割れ物もありますから、取り扱いは注意ですよ」

ミツの声にモトキははっとわれに返る。重厚な雰囲気に興奮した法介が蔵に飛び込むと、空気が大きく揺らいでほどけた。どうやら悪いモノがいたわけではないらしい。

動揺を隠しながら高価なものがあるか尋ねると、ミツは照明のスイッチを入れながら首を横にふった。裸電球が瞬《またた》いて、昼間でも薄暗い蔵内が明るくなる。

「ありません。でも、贈り物や祭事に使うものがあるので、乱暴に扱わないでください。おいしいお昼を用意いたしますから頑張ってくださいね」

ミツは昔からモトキを過大評価するきらいがある。思いがけず大仕事を任され、掃除道具を受け取る。ミツを見送り蔵に視線を戻すと、法介はデジカメ片手に張り詰めた空気を蹴散《けち》らしながら撮影に没頭していた。

「微塵も霊感がないんだな」

パワフルすぎる友人に溜息をつくと、法介がきょとんと振り返った。

「なに？」

「――掃除の邪魔するなよ」

タオルで口をおおってはたきを手にするモトキに、法介はびしっと敬礼する。

「了解。あ、この箱の中身は壺《つぼ》かな？　こっちは茶器《ぞうげ》？　この長い桐《きり》の箱は掛《か》け軸《じく》？　絵画っぽいのもある！　彫刻とかもあるのかな。象牙って高いんだよね」

言ったそばから法介に呼びかけられ、さっそくモトキの手が止まる。律儀に反応してしまう自分に腹が立つ。モトキはじろりと法介を睨んだ。

「興味津々だな」

「興味っていうか……ジャーナリストになりたいんだ。だから、好奇心は、宝。叶は？将来、なにになりたいの？」

突然の問いにモトキは口ごもった。高校一年の夏、将来のことを考え邁進《まいしん》する人間はどれほどいるだろう。幼なじみたちは他県の高校に行くため村を出て、モトキだけが取り残されている。このまま卒業したら家業である農業を継がされるに違いない。毎日毎日汗水垂らして土をたがやし、野菜を育てて収穫し、また野菜を育てる。なんの変化もない生活を、時間を食いつぶすように繰り返す——正直、考えるだけでぞっとする。それなのにモトキは、村から出ることさえできずにくすぶっているのだ。

そんなモトキとは違い、法介にはちゃんと目標があるらしい。

デジカメと手帳を手に走り回る彼には。

「どうせゴシップ記者だろ」

意地の悪いモトキの言葉に、法介は困ったように笑ってデジカメを構えた。

モトキは乱暴に頭を掻《か》いた。八つ当たりだ。相手の夢を応援できない自分の狭量《きょうりょう》さにうつむき、長く息をつくとともにジーンズのポケットからシルバーの携帯電話を取り出した。あと二時間で昼だ。二階建ての蔵は、大小さまざまな箱が積まれた棚が三列に渡って並んでいた。埃を落として簡単に掃きだすだけでも二時間以上かかるだろう。

「は、箱、開けちゃだめかな。気になる……っ」

法介の鼻息がさっきからずっと荒い。モトキは右の壁沿いに作られた木製の階段に足を向ける。軋《きし》む階段を踏みしめるたびに呼吸が浅くなった。変なモノはいないのに、それでも緊張してしまうのだ。

二階は一階以上に雑然としていた。わずかに大気が動いただけで埃が舞い上がり、窓から差し込む光にキラキラと反射する。一階より温度がわずかに高い。じっとりとまとわりつく熱に、ここが〝気配〟のでどころだとあたりをつける。

緊張気味に棚を見回しつつ最後の一段を上りきったとき、軽く背中を叩かれた。

「叶？　どうかした？」

追いかけてきた法介が、右手を上げたまままきょとんとしている。

「もしかして、こういうの苦手？　骨董品《こっとうひん》っぽいものが並んでると、呪いの壺とか曰《いわ》く付きの家具とか、夜な夜な歩き回るフランス人形とか紛れていそうだよね」

「……信じてないだろ、そういうの」

「そりゃ信じてないよ。……え、もしかして、叶は信じちゃってるの？」

「別に、俺は」

たまに感じたり、少し見えたりする程度だ。蔵に異常を感じるのは、祭りが近いから神経質になっているせいだろう。棚は一階と同じ配置だ。嫌な気配が全体に広がっているのも一階と同じ。ただし二階は、多少動いた程度では変化がないほど気配が強い。

じっと動かないモトキの隣をすりぬけた法介が、埃を踏みつつ細長い通路を進む。

「叶にも意外と可愛《かわい》いところがあるじゃないか」

含み笑いが聞こえてきた。ムッとしたモトキが遠ざかる法介の背を睨んでいると、その足跡から白いもやのようなものが立ちのぼるのが見えた。

「外輪！」

名前が口をつく。法介が振り返ると、立ちのぼる白いもやが消えた。

「なに？」

不思議そうに見つめられ、モトキはわれに返って首を横にふった。

「なんでもない。……あんまり動き回るなよ」

モトキはデジカメを構える法介から顔をそむけた。さっさと掃除を終わらせて蔵を出ようと無心に手首を動かし埃を落としていると、しばらくして鋭く名を呼ばれた。

「叶！　これ見て！」

「どうした⁉」

ぎょっと顔を上げると、剝《む》き出しのキャンバスを手に法介が立っていた。

「誰が描いた絵だろう。知ってる？」

のどかな田園風景だ。あぜ道が蛇行《だこう》するように伸び、その向こうに茶色い家屋が見える。小屋の前に描かれた柵の中にある塊《かたまり》は牛のようだ。ぽつぽつと小さく塗りつぶされた影は人の形をしていて、どれもぼんやりと緑の中に沈んでいた。これだけは見事に染め上げられた空が、青く透き通るように続いている。

「こういうところにしまってあるってことは、有名な画家の遺作かも」

他はすべて箱に入っていたり布で丁寧《ていねい》に梱包《こんぽう》されているのに、その絵だけは素のまま置かれている。ということは、高価な絵ではない。モトキは緊張を解くように息をついた。

「有名な作家の絵だったら額に入れて飾ってるんじゃないか？　サインは？」

「ない。名作じゃないのかなあ。帆布《はんぷ》の状態からして古い油絵だよねえ。このキャンバス、F型だと思うんだ。八号かな。F型って普通は人物を描くサイズなんだけど」

指で測りながら法介は興味深げに絵を眺めている。つられてキャンバスを見直したモトキは、その絵に懐かしさを覚えて戸惑った。見たことのない田舎の風景――雰囲気からして日本国内、どこか高い位置から描かれたものとわかるだけで、場所を特定できるような情報は含まれていない。それなのに、懐かしい。いつか見た光景――。

見入っているとキャンバスを手にしたまま法介が踵《きびす》を返した。彼の腕が棚から飛び出していた木箱にぶつかり、バランスを崩す。

「危な……っ！」

棚に倒れ込んだら大惨事だ。モトキはとっさに法介の腕を摑《つか》む。と、中央の棚に置かれた箱の一つにモトキの肘《ひじ》がぶつかった。

不吉な音をたて箱が床に落ちた。

モトキと法介は、ともに床に落ちた箱を凝視した。

「……なんか今、ヤバい音しなかった？　ガシャンって」

「した、な」

背筋がひやりとした。桐の箱は、二五×四五センチ幅で、高さが二〇センチと比較的大きなもので、赤い飾り紐で蓋《ふた》がはずれないよう結ばれていた。木箱自体も飾り紐も色あせて汚れている。落ちたときの音からして中身は陶器かガラス製品だろう。一拍あけて、モトキと法介は箱に飛びついた。赤い紐を引き、蓋をわずかに持ち上げる。

そのとき、生暖かい風が箱の中から吹き出した。ざわっと全身の毛が逆立つ。箱の中から闇が這《は》い出てきたような錯覚――手元が暗く染まる。喉《のど》が干上がり、こめかみに浮いた汗が肌をすべった。箱はあふれ出た闇の中に沈み、その形さえわからない。それなのに、そこからなにかが伸びているのがわかる。細く長いものがゆっくりと蓋にかかる。出てくる。

蓋を持つモトキの指に、硬く冷たいなにかが触れた。

子どものころから宇城家にはしょっちゅう遊びに来ていた。だが、蔵に曰く付きの品があるだなんて聞いてない。あるならあると言っておいてほしかった。

指に硬く絡みつくものが、モトキの腕を這うようにのぼってきた。

誰か――そう心の中で呼びかけたとき。

「すみません。誰か、いませんか?」

どこからか、女の声が聞こえた。

2

女の声が聞こえた瞬間、呪縛《じゅばく》が解けたように体が動いた。

モトキは箱に蓋をして赤い飾り紐をきつく結んだ。こま結びにしたいのをなんとかちょうちょ結びで堪《こら》えたのは、多少なりとも理性が残っていたからだろう。

「叶？　どうしたの？　中身は……」

法介には黒いもやが見えなかったらしい。戸惑うような視線を向けられたモトキは、桐の箱をちらと見てから棚に戻した。

「あとでミツさんに言うから。……お前今、なにもなかったよな？」

「うん、怪我《けが》はしてない。絵も無事。ただその箱の中身が……」

「すみません、誰かいるんですか？　あの、裏の森のこと聞きたいんですけど」

再び聞こえてきた女の声に、モトキは法介から視線をはずし階段を下りた。口元をおっていたタオルをはずしながら引き戸を見ると、二十代前半とおぼしき女が立っている。白いワンピースにローヒールのパンプスを履いた、黒髪の楚々《そそ》とした女だ。ほっと安堵《あんど》する顔は純朴《じゅんぼく》で、細い肩を滑り落ちる髪がキラキラと輝いていた。

「……あ……あいきゃんのっとすぴーくいんぐりっしゅ」

女はモトキの顔をまじまじと見たあと、どう聞いてもひらがな英語を口にした。あわあわと言葉を探す彼女に、二階で見た不吉な箱のことが一瞬だけ記憶から飛んだ。

「日本語大丈夫です。生まれも育ちもここですから」

「そ、そうなの。ごめんなさい」

胸を強く押さえて大きく息をつく彼女の姿に苦笑が漏れる。モトキが「森がなにか?」と訊くと、彼女は表情を引き締めた。

「人を捜してるんです。この辺りじゃないかって思って。その人、わ、私の、恋人で……自殺を、するかもしれなくて……」

モトキはとっさに携帯電話を取り出した。人の生死にかかわることならまず通報だ。

「警察が到着するまでしばらくかかります。恋人の名前は……」

「ま、待ってください! 私の考えすぎかもしれないんです。家にいなくて、連絡も取れなくて、もしかしたらって思ってここへ来て、でも勘違いかもしれなくて……っ」

ずいぶんと混乱しているらしく、真っ赤な頰を両手で押さえて口ごもる。モトキは携帯電話をポケットに戻した。

「彼の名前は? 特徴も教えてもらえますか?」

そう訊くと、彼女は焦りの中にも安堵の表情を見せた。

「な、名前は小谷悠一郎《こたにゆういちろう》。身長一七七センチ。痩《や》せ型で眼鏡をかけてて、営業だからいつもぴしっとスーツを着ていて……それから、えっと、古い革のカバンを持ってます」

目は奥二重で、鼻は高くて、唇は薄くて、そう続ける彼女にうなずいたところで法介が二階から下りてきた。呑気《のんき》なことに、階段の途中で写真を撮っている。彼女の恋人を捜すため、人手は多いほうがいい。ちらりと彼女をうかがうと躊躇《ためら》いがちにうなずいた。

「外輪、手伝え。人助けだ」

モトキの言葉に、デジカメから顔を上げた法介の表情が引き締まった。

大谷《おおたに》すみれと、彼女は名乗った。小谷とは同じ会社で、彼は営業、彼女は事務をしている。大谷・小谷と名字がネタにされ、互いに意識するようになって入社一年半で交際がスタート。その半年後に小谷の営業成績が悪化しはじめたという。几帳面《きちょうめん》な小谷は、神経質なうえ負けることが嫌いなタイプで、営業成績の悪化も相当に悩んだはずだ。だが、すみれと一緒のときはそんなそぶりは一切見せなかったらしい。

そんな小谷を、すみれは誰よりも尊敬していた。

「ひたむきに頑張る姿が格好よかったんです。それなのに、こんな……」

重い話にモトキはひたすら聞き役に徹し、小谷の名を呼んだ。勘違いかもしれないと言いつつも、すみれも懸命に恋人の名前を呼んだ。

「ねえ叶、こういうのって警察に通報したほうがいいんじゃないの？　村の人に手伝ってもらうとか……これ以上行ったら山に入るよ。僕らだけじゃ無理だって」

あがる息の合間に法介がそう訴えてきた。起伏の多い山林は、舗装された道と比べると格段に歩きにくい。モトキはちらりとすみれをうかがう。ぎゅっと唇を噛《か》みしめる彼女を見て、もう少しだけこのまま捜すことを伝える。すると法介が一瞬だけ口ごもった。

「もし……もしも、だよ。その、見つけたときに、手遅れだったら……」

「そんな……」

すみれが大きく肩を震わせる。モトキはじろりと法介を睨んだ。

「じょ、冗談だよ！　もちろん僕だって、無事に見つかることを願ってる。だけどほら、こんな場所を選んだってことは、かなり本気なんじゃないかと……」

法介はもごもごと言葉を濁《にご》してから「ごめん」と頭を下げた。

「……どうしてこんな場所でって思いますよね」

すみれは胸に手を押し当てて山林を見渡した。

「ここ、はじめて彼とドライブしたときに来た場所なんです。来たっていうか、迷っちゃったんですけど。竹林で車止めたらその奥にすごい緑が広がってて……いいところだなって、小谷さんが言ったんです。年を取って骨をうずめることになったら、緑がいっぱいあるこういうところがいいなって……だから、きっと」

すみれはごしごしと両手で顔をぬぐう。見ていられなくて、モトキは顔を伏せた。

「小谷さんー!!　小谷さん!　返事をしてください!　小谷さん――!!」

じっとたたずんでいた法介が、ふいに大声で小谷の名を呼んだ。モトキとすみれが同時にびくりと肩を揺らして法介を見る。

「早く捜そう!　きっと大丈夫だから!　ねっ!!」

暗くなる空気を払拭《ふっしょく》するように法介が笑う。法介の失言を許したのか、すみれも泣き濡れた顔で微笑んで大きくうなずいた。

ざわざわと揺れる木が風を運ぶ。かつて三日三晩続く大火《たいか》で焼けたと言い伝えられる一帯の山林は、人一人をやすやすと呑《の》み込む樹海だ。曾祖母《そうそぼ》が毎年のように山菜採りに入るが、人生の幕を閉じるために訪れたと言われると、これほどふさわしい場所はないような気分になってしまう。自然が生み出す音以外のすべてが遮断される空間は、穏やかな眠りを約束してくれるもののようにさえ思えてきた。

「小谷さーん!!　いませんかー!!」

法介の声が木々の隙間を縫って遠ざかっていく。応《こた》える声はない。どれほど名を呼んでも、どれほど歩き回っても、すみれの恋人は出てこない。

「――別れようって、言われてたんです。もう限界だから、これ以上は無理だって」

すみれの涙声が聞こえてきた。

「好きだけど、それだけじゃだめだって言われたんです。このまま一緒にいたら、お互いにだめになるって。私も……仕事で、悩んでて……人とうまくつきあえなくて」

草を踏みしめるすみれはうわごとのように言葉をつむぐ。法介と違う方向に歩き出すすみれに慌て、モトキは彼女の手首を取った。ひやりと冷たい、死人のような手首だった。

「でも、守らなきゃならないものができたんです。それがあれば、私、生きていけると思ったんです。だけど、……一人じゃ、心細くて」

声がぼやける。

「大谷さん？」

当惑するモトキの手をするりと抜け出し、すみれはまた歩き出す。

「頑張ろうって、もっとしっかりしなきゃって思ったら、どんどん息苦しくなって、目の前が真っ黒になって、でもここでなら彼と一緒にいられるってそう信じて――」

なにかがおかしい。ふいに襲ってきた違和感にモトキが立ちすくむと、すみれもぴたりと足を止めた。

「それなのに、彼がいないの」

声が割れる。幾度も繰り返し、壊れたスピーカーを通したかのように不快に割れる。

「どこにもいないの。……どうしていないのかしら……？」

「大谷さん……？」

呼びかけるモトキの声に、まったく別の声が重なった。

「大谷さん！　どこにいるんだ！　返事をしてくれ、大谷さん！」

硬くよく通る声が耳朶《じだ》を打ち、モトキははっと辺りを見回す。すると、夏なのに細身のスーツを着た神経質そうな男が、息を乱しながら駆けてきた。

「君たち！　女性を見なかったか⁉　二十代で黒髪の、落ち着いた感じの女性だ。俺の恋人なんだ！」

乱れた息の合間から男が呼びかける。石か木の根に足を取られたのだろう。男は体勢を崩し、慌てて近くにある木にしがみついた。反動で落ちた眼鏡を拾い、彼はまた走り出す。

「この辺りにいるはずなんだ！　道沿いに彼女の車が止まって……頼む、一緒に捜してくれ！　早く見つけないと、彼女は――」

モトキの脳裏に、竹林に止めてあった車が浮かんだ。あれは恋人を捜してやってきたすみれのものだろう。蔵に訪れたすみれの頼みを聞いたモトキは、法介とともに彼女の恋人を捜しはじめた。それなのに今、自殺するかもしれないと言われていたはずの男がモトキたちに向かって駆けてくる。

必死の訴えを聞きながら、モトキはゆっくりと振り返った。

そこに大谷すみれの姿はなかった。


「小谷悠一郎さん？」

ふらつきながらやってきた男に、モトキは不安を隠しきれず声をかける。体を二つに折るようにして荒い呼吸を繰り返す彼は、額に髪を貼り付けたままモトキを見た。

「どうして俺の名前を……」

ぜえぜえと荒い息の合間から、戸惑いが音になって零れ落ちた。モトキはデジカメを手に近づいてくる法介を振り返った。

「外輪、大谷さんどこに行ったか知ってるか？　今まで一緒にいたのに……」

「大谷さんって？　僕たち二人以外に誰もいなかったけど」

ここには二人だけ。まさか、と、そう思った。蔵から行動をともにしていたすみれの姿が法介には見えていなかったなんて、そんなことがあるだろうか。

ぞわっと背筋に悪寒が走る。

「し、白いワンピースの女の人と、蔵からずっと一緒だっただろ」

「もー、なに言ってるの、叶。二人だけだったよ？　さきに叶が一階に下りて、僕はそのまま少し写真を撮って、叶の声がするから誰か来たのかと思って一階に下りたら人助けするって言いだしたんじゃないか。でもよかったね。捜してた人が無事に見つかって」

法介に言葉をふられ、男——小谷悠一郎の眉間《みけん》に深い皺《しわ》が刻まれる。

「人を捜しているのは俺だ。大谷すみれ。そうだ、電話を……警察に、連絡を……」

動転する小谷の手から携帯電話が滑り落ちる。慌てて拾うが、指が震えてうまくボタンを押せない。激しく上下し続ける肩にいっこうに整わない呼吸——すみれの言っていた恋人像とはひどく食い違っていて、モトキのほうが狼狽《うろた》えてしまった。

そのとき、ふっと視界をなにかがよぎった。

赤い飾り紐が誘うように木々のあいだに消える。

ふわふわとただよう気配は人ではない。死者か、あるいはもっと別のモノか——。

「こっちです」

先導するように飾り紐が消える。それがすみれの行こうとしていた方角だと気づくと、モトキは緊張する足を踏み出した。すみれがあてどもなく歩いたその先に、彼女が望むものがあったのかもしれない。視界にちらつく赤にめまいを覚えながらもモトキは小谷をうながし、熱に浮かされるように山のさらに深い場所に足を踏み込む。

緑が濃くなる。夏とは思えないほどひんやりとした風が頬を撫で、髪を嬲《なぶ》る。

「叶？　ちょっと待って、どこに行く気？　叶ってば！」

法介の声がやけに遠い。自分の呼吸音だけが繰り返し一定のリズムで聞こえる中、モトキは導かれるように山を進んだ。

やがて、古木の下に人影を見つけた。素足が大地に投げ出され、白いワンピースには泥がつき、体全体が草に埋もれていた。両腕はぴくりとも動かず、伏せられた顔から表情を読み取ることはできなかった。

桜《さくら》の下に横たわる女の体。

無残に折れた枝が一本、ロープとともに女のかたわらに落ちていた。麻のバッグから睡眠導入剤の箱が覗《のぞ》き、少し離れたところに落ちていた小ぶりのナイフには血の跡がある。枝をロープにかけたが死にきれず、ナイフを使ったのだろう。草が血で赤く濡れていた。

「大谷さん！」

悲鳴をあげた小谷は、転がるように駆け出し、すみれの体を抱き起こした。細い体は揺さぶられるまま左右に動き、後方に反った頭もまた、動きに合わせてぐらぐらと揺れた。

――死にたがっていたのは、死に場所を求めていたのは、大谷すみれ自身だったのだ。

そして、自殺を図り肉体を抜け出した魂《たましい》は、恋しい人を求めて山を彷徨《さまよ》い、モトキのもとへたどり着いた。

小谷が繰り返しすみれの名を呼び、目を開けてくれと懇願する。悲痛な声を茫然《ぼうぜん》と聞いていた法介が、はっとしたようにズボンのポケットから傷だらけの携帯電話を取り出した。

通報って携帯電話使えるんだっけ、ここの住所ってなに？　と、独り言が聞こえてくる。

法介に名を呼ばれたが、モトキの意識は正面——恋人を抱く小谷に向けられていた。

否《いな》。正確には、草の中に落ちていたナイフと、その奥の赤いものに。

なにかいる。

本能が、それが危険なものであると伝えてくる。首筋がちりちりと焼けるように痛み、背筋に悪寒が這う。息を詰めるモトキの目の前で赤いものが動いた。着物のようだ。そろりと透明な音を生み出しながら、それが近づいてくる。まるで血をまとうようなそれが、小谷とすみれの真横で止まった。

得体の知れないモノがゆっくりと腰を折ったのが気配でわかった。

赤い色彩の中から白いものが蛇《へび》のようにするすると伸びてくる。おしろいを塗ったように白い、生気の感じられない美しい女の手だ。小谷に向かって伸びた手は思案げに止まり、すぐに動き出した。次に手が向かったのは、ぐったりと横たわるすみれだった。

あれは死者の手だ。決して触れてはならない黄泉《よみ》の手だ。

しなやかな指先がすみれの肩に触れる直前。

「やめろ！」

モトキは喉の奥から声を絞り出した。大声に怪異もひるんだのか、赤い着物を着たモノは、モトキが瞬《まばた》きを二度繰り返すあいだに煙のように消えてしまった。残ったのは、携帯電話を耳に押し当てて固まる法介と、意識のないすみれを抱きしめる小谷だった。

短い呼吸を繰り返していると、法介が携帯電話を握り直して「もしもし」と呼びかけた。

「小谷さん、大谷さんの止血を。手首から血が出てます」

放心する小谷に声をかけたモトキは、直後に異常に気づく。

すみれは呼吸をしていなかった。傷のない右手首を取るが脈も確認できない。出血によるショック状態――だが、赤い着物から伸びた手はすみれに触れていない。

モトキは小谷を押しのけてすみれを横たえると、その胸に重ねた両手をあてた。

3

荒霊村には消防署がない。ゆえに、一一九番に電話をかけると、救急車が峠《とうげ》を越え隣町から十五分かけて駆けつける。そして、軽度であれば村内のクリニックへ、重篤《じゅうとく》なら三十分かけ隣町の総合病院へ搬入される。

通報を受けた救急隊員が、山林に迷っていつもの倍近い時間をかけてようやく現場にたどり着いたとき、大谷すみれの呼吸は弱々しいながらも回復していた。

処置が遅れていたら助からなかっただろう、痩せた体に白衣をまとう白神《しらがみ》医師が、救急車の中で疫病神《やくびょうがみ》のように冴えない顔色のままぼそぼそと告げた。救急隊員の誘導に誰か一人道に出ていれば完璧だったんだけどねえ、と付け加えられ、救急車は小さいわりに設備が充実していると有名な二丁目の端にあるクリニックに向かった。

モトキと法介が病室に入ると、大きな背中を小さく丸め、小谷が丸椅子《まるいす》にぽつんと座っていた。よく見れば髪は木の葉まみれ、何度も転んだのか白いシャツとダークグレーのパンツは泥で汚れ、靴もボロボロだった。胸ポケットに突っ込んだネクタイもよれている。眼鏡に至っては、救急車に乗り込む際に落として踏みつけたせいでヒビが入っていた。

それは、彼ががむしゃらに恋人を捜したことを示す姿だった。

「あ、君たち……ありがとう。おかげで……」

顔を上げた小谷の目から大粒の涙が零れ落ちた。あれっと声をあげた小谷が、眼鏡をはずして目元をこする。大人が泣く姿にモトキたちは狼狽え、オロオロと駆け寄った。

「あはは。ちょっと気がゆるんで……泣くなんて、何年ぶりだろう」

備え付けのティッシュを渡すと、小谷は恥ずかしそうに笑った。

「——あの桜、去年の春に見たんだ。見事な枝振りで、空を抱きしめるみたいに淡いピンク色の花をいっぱいつけていた。絶景だった」

柔らかな声でささやいて、小谷は包帯の巻かれたすみれの手首をそっと撫でる。

「だめだろ、枝にロープなんてかけたら」

白いすみれの手首が震えた。まつげを濡らす滴《しずく》が目尻を滑り落ちていく。乾いた唇がわずかに開き「ごめんなさい」と、小さく声が聞こえた。

「母子手帳を見つけたんだ」

小谷の言葉に、すみれがはっと目を開ける。

「昨日、様子がおかしかっただろ？　心配で部屋に行ったら、置いてあった」

「それは……」

「ごめんなさいなんて、そんなメモだけ残していなくなるなよ」

「だって、さきに、言われちゃったから。別れようって……だから、私……」

言葉に詰まるすみれを見て法介が肘でモトキをつついた。込み入った話だから席をはずそう、そう視線でうながされる。が、今病室から出るのも微妙なタイミングである。

「本当に別れる気だったんですか？」

変に目立つくらいなら会話に参加してしまえ。そんな思いとともにモトキが話に割り込むと、法介がぎょっとしたように目を剝《む》いた。モトキは無視して言葉を続ける。

「別れるつもりなら、わざわざ捜したりしませんよね？　そのうえ、こんなところにまでやってくるなんて」

すみれが残した謝罪の言葉が死を意味していたこと、最期《さいご》の地にこの場所を選んだことを、小谷はすぐさま察した。そしてなりふり構わず恋人を捜したのだ。そんな男が、果たして本当に別れを望んでいたのだろうか。すみれを抱きしめ呼びかけるその姿を目《ま》の当たりにしているからこそ、モトキは疑問を抱かざるを得なかった。

「……会社を、辞めようと思ってる」

押し黙っていた小谷の視線がシーツに落ちた。

「営業じゃなくて、設計の仕事をしたいんだ」

――設計。親が宮大工という幼なじみがいる。国宝級の建物や重要文化財の修繕を請け負う現役の職人である幼なじみの父親は、仕事で国中を飛び回るかたわら、一級建築施工管理技士の資格を、それこそ血のにじむような努力で会得した。ねじりはちまきで勉強に明け暮れる姿は妙に印象的だった。

「設計の、仕事？」

「もともと専門学科を卒業してたし、転職して実務経験積めば試験なんて楽勝だと思ってた。それなのに、勉強は進まず転職先も見つけられず、さきへ進めない。このままだとなにもできないで、なにかを言い訳にしてずるずる自分に甘えることになる」

一つのことに打ち込むために、それ以外のすべてを手放すつもりだったのだろう。楽なほうに逃げないよう、区切りをつけるつもりだったに違いない。

「大谷さん。小谷さんを見てどう思いますか？」

モトキは押し黙るすみれに問いかけた。

普段はきっちりした人かもしれない。だが今は、一応の泥は落としたものの小汚くて、ぴしっとした営業マンとはほど遠い姿だった。山林で慌てふためく姿も、安堵に泣く姿も、きっとすみれが見たことのない恋人の姿だろう。

「こういうのが、本来の小谷さんだと思います。小谷さんが格好よく見えたのは、大谷さんの前ではそう見えるように努力してたからじゃないですか？」

呆気《あっけ》にとられてモトキを見る小谷は、耳まで赤くして「敵《かな》わないな」とうめいた。深く息をついて目を伏せ、躊躇いを捨てるようにうっすらと唇を開く。

「みっともない姿を見られたくなかったんだ。それに、転職してうまくいくとも限らない。ついてきてくれなんて言えるわけがないって、そう思って……」

声が途切れる。小谷の手を、すみれの細い指がきゅっと掴む。とっさに小谷があいていた手を上からかぶせた。

いったんきつく引き結ばれた小谷の口が、震えながらも再び薄く開いた。

「苦労かけるかもしれない。それでも、一緒にいてくれないか……？」

はい、と、涙に濡れた声が響いた。


「はー、これにて一件落着ー!!」

廊下に出たとたん、法介が両手を大きく広げてのびをした。

「叶、格好よかったよ！　まさか叶がフォローするとは思わなかったよ！」

びしっと親指を立てて褒められ、モトキは渋面になった。よけいな口出しをしてしまったと猛省しているのに、褒められるといっそう肩身が狭くなる。

「それで、叶は山林の中でなにを見てたのかな？」

「——なにも見てない」

「またまたー。見てたよね、絶対。それって幽霊？　叶はまさかの霊感少年？」

「気のせい」

さっさと話を終わらせよう。法介を置き去りにする勢いでクリニックの清潔すぎる廊下を歩いていると、受付で見知った男に会ってしまった。また身長が伸びているように見えるのは錯覚か。さらさらの黒髪に切れ長の瞳、フレームのない眼鏡を人差し指で押し上げる姿が妙に癪《しゃく》に障るその男は、モトキを認めると口の端だけを引き上げて微笑んだ。

難関と言われる高校に易々と合格し、今は優雅にマンションで一人暮らし。荒霊村の大地主である宇城家の長男、宇城将親《まさちか》である。

「お前、いつ帰ってきたんだよ」

「ごあいさつだな。歩いて家まで帰る気だったのか？」

ガルガルと牙を剝くモトキに、将親は軽く鼻を鳴らす。二丁目の端にあるクリニックから三丁目まで徒歩で四十分弱――うなっていると、法介が紹介を求めてきた。

「……宇城将親。俺の幼なじみの一人」

ぶすっと告げると、法介の目が輝いた。

「宇城って、あの立派な家の⁉　僕、叶のクラスメイトの外輪法介です。よろしくお願いします！」

「モトキのクラスメイトなら高一？　だったら俺と同じだし、敬語じゃなくていい」

「……か、叶！　僕たちと同い年だって！」

「俺に意見を求めるな」

四カ月会わないあいだに将親はずいぶん雰囲気が変わっていた。大人っぽい雰囲気に磨きがかかり、スーツを着たら完全に年齢不詳になるだろう。しかも、どんなに安いスーツでもブランド品に見えるに違いない。重心をわずかに左足にかける立ち姿は、モデルでも気取っているのかと突っ込みたくなる。

「帰省したら警察が来てたんだ。で、お前が付き添ってクリニックまで行ってるって聞いて、仕方がないから花屋敷《はなやしき》に車を出させて迎えに来てやった」

「そりゃどうも」

わざわざ庭師に頼んだらしい。モトキが素っ気なく礼を言うと、

「――ミツが怒ってたな」

長い足をさばきながら歩き出した将親が足を止めた。

「蔵に行ったら誰もいなかったって」

「「あ！」」

モトキと法介が同時に声をあげる。状況が状況だったから慌てて捜索に出たため、書き置き一つ残していない。将親は青くなるモトキたちをちらりと見た。

「腕によりをかけて作ったのにって、テーブルにのった自慢の手料理見つめてグレてた」

「「ああ！」」

白髪の老婆が畳の部屋でぷすっと頬を膨らませる姿が目に浮かぶ。仕事を放りだし、せっかく作ってくれた昼食まで忘れていたのだから、さぞ不機嫌になっていることだろう。

「外輪！　急げ！」

モトキが駆け出すと、法介も慌ててそれに続く。

「将親！　なにたらたらしてるんだ！」

「俺には関係ないだろ」

モトキはそっぽを向く将親の腕を摑んだ。

クリニックから出る直前、視界を赤い飾り紐が横切ってモトキはバランスを崩す。だが、気のせいだったようだ。狭い待合室を見回し、異変がないことを確認し息をつく。

気持ちを切り替えたモトキは、燦々《さんさん》と照りつける太陽の下に飛び出した。


荒霊村には怪異が棲《す》んでいる。

人を呪い、人を守る、赤い着物の奇妙な怪異が。

人はそれを、神と呼ぶ。

第二章

夏の童話

1

「赤姫《あかひめ》祭りのお願い……？」

回覧板と印刷された青いクリップファイルを開くと、左側には回覧板を回す順番の紙が貼られ、右側には連絡事項の用紙が数枚挟まっている。意外と地域ごとに個性が出るらしく、荒霊村《あらたまむら》の回覧板は宣伝の類《たぐい》が一切印刷されていない、実に簡潔なものだった。

「なになに、祭りに参加できるのは十六歳以上の男子だけです。厳守してください」

祭りといえば祭囃子《ばやし》に屋台である。どれも子どもが大好きなもので、夏祭り独特の空気は退屈な日常をいろどる花火に似ている。身近に起こる最高のエンターテインメントだ。

その参加が、男の、しかも十六歳以上限定というのは解せない。

「……怪しいお祭りとか？」

しかし、男性のナニを祀《まつ》る奇祭ですら女性が交じる昨今《さっこん》だ。よほどのことがない限り厳しい決まり事はないはずである。それにもかかわらず設けられた年齢と性別の制限――おかげで『赤姫祭り』という名ですら、淫靡《いんび》なものに思えてしまう。

「いやいや、ないない。せいぜい鉄火場《てっかば》みたいなやつだよね」

祭りと賭博《とばく》は盛り上がる。どこかに小屋でもできるのではないかと夢想し、それもだめか、と自分で突っ込みつつ回覧板を見る。

「祭りの期間は女性と子どもの外出は控えてください。夜間の外出は禁止です」

読みながら法介《ほうすけ》は首をきゅっとひねる。今年の三月に引っ越してきたため、村を挙げての祭事は赤姫祭りがはじめてだ。もちろん、こどもの日や七夕《たなばた》といった季節の行事は個人宅でおこなわれていたが、今回は規模が違う。それなのに外出禁止とは。

「他には、えっと……玄関には、必ずしめ縄をしてください……？　あ、これか」

お隣から回覧板と一緒にビニール袋に入ったしめ縄が届いている。正月に飾るしめ飾りには紙垂《しで》や譲り葉、扇といった縁起物がつくが、今回届いたものは、神社の境内に飾られるしめ縄のミニチュア版――つまり紙垂以外はなにもついていないタイプだった。

法介は丸テーブルの上に放置されていたデジカメを手にとって撮った画像を確認する。せせらぎに揺れる用水路や水田、日差しをいっぱいに浴びるひまわり、みんなで囲む食卓といった画像の中に民家が何枚も写っていた。

「……ほ、ほとんど全部の家の玄関に、しめ縄が飾ってある……!!」

多いという印象はあったが予想以上だ。もらったしめ縄を見ると、ビニール袋に『前』と書かれていた。意味があるのだと察し、携帯電話を取り出しネットで『しめ縄』を検索する。偶然開いたページには、左綯《な》えのしめ縄は年神様《としがみさま》を迎えるためのものと書かれていた。ただこれも一律ではないらしく、注釈がずらずらと並ぶ。日常的にしめ飾りをつける伊勢《いせ》地方は右綯えで、荒霊村は確認できるすべてが左綯えだ。

「年神様、毎日ウエルカム？　しかも村中の家で？」

回覧板を手にうーんとうなる。いくら習わしだとしても、忘れる家があっても不思議はない。よそから越してきた人間ならなおさらだ。袋に値札シールが剝《は》がされた跡があることから、厚意で用意してくれたことがわかる。

引っ越してきた三月ではなく、夏も盛りの八月に。

——怪しい。スクープのにおいがする。興味深いネタを見つけて口元がゆるむ。

赤姫祭りは荒霊姫神社の祭事だ。村の北に位置する神社は、小さいながらもよく手入れされていて駐車場がやたら広い。駐車場から続く石階段を上がると古い鳥居が鎮座し、左手に手水舎《ちょうずや》、右手には社務所《しゃむしょ》、正面奥に拝殿《はいでん》がある。拝殿は本殿と続きで、右に神楽殿《かぐらでん》が隣接していた。楼門《ろうもん》や玉垣《たまがき》、狛犬《こまいぬ》はなく、摂社《せっしゃ》や末社《まっしゃ》といった祭神ゆかりのお社《やしろ》もないつつましいたたずまいだ。しかし、深い緑に包まれた趣《おもむき》のある神社である。

「なに読んでるの？　もなみも見る！」

高く細い声に、法介ははっとわれに返った。法介は、父と妹の萌波《もなみ》の三人家族だ。性格の不一致で両親の離婚が決まったのは二年前、父の会社が倒産したのは一年半前──中学校を卒業したら働くから大丈夫、そのとき法介はそう言った。妹は三歳で、他の子と比べると言葉が遅かった。母親がいないせいだと自分を責める父が、さらに自分を責めないように、精一杯の言葉をかけたつもりだった。すると父はとたんに厳しい表情になった。高校まで行かせるのが親の務めだ、なぜなら僕も高校までは出た。お前はなにも心配するな。父は拳《こぶし》で強く胸を叩いて宣言した。それからコンビニやガソリンスタンドのバイトを転々とした父は、一年ほど前に高校のころの先輩に車の整備工場で働かないかと誘われた。そして今年の三月、法介が荒霊村の高校に無事合格したのを機に「船頭《せんどう》って名前だけど、船舶免許は持ってないんだぜ」という謎のあいさつをした、彫りが深くエキゾチックな長髪マッチョ（三十六歳）自称「お兄さん」の自宅兼職場に住み込むことになった。

慣れない共同生活に緊張したのははじめの一週間だけ。船頭の前だと高校時代に戻ってしまう父の姿が面白く、いつ倒壊してもおかしくない正味2ＬＤＫの住居も、使い込まれた家具や茶色く変色した壁も、すぐに気にならなくなった。

「うおー、あっちーい」

騒がしく引き戸を開けて船頭が部屋に入ってきた。工場と住居が磨《す》りガラスの引き戸一枚で仕切られている。そのせいで、ときどきどっちが生活の拠点かわからなくなる。

「お昼、林《はやし》さんのところからちらし寿司《ずし》もらいました。あ、お味噌汁《みそしる》あたためますね」

「サンキュー。って、桶ごとか！　贅沢《ぜいたく》だなあ」

頭に巻いたタオルを取って、船頭が白い歯を見せて笑った。使い古した丸テーブルには直径三〇センチの桶がのっている。さきに法介と萌波が食べていたが、食欲旺盛《おうせい》な大人が二人がかりでも食べきれないほどのちらし寿司が残っていた。

「それから、大原《おおはら》さんがウナギ獲れたら持ってくるって言ってました」

「おおお、マジか。もらったら白焼きで一献《いっこん》だな。天然ウナギ大好きー」

大の大人がスキップしながら奥に去っていく。それを見て、萌波が両手で口を押さえて「ふふっ」と笑う。二人で暮らしていたころより家の中がずっと明るい。男の豪快な手料理ばかりじゃ萌波が可哀相《かわいそう》だと近所の人たちが代わる代わる料理を差し入れ、おりに触れては困ったことがないかと尋ねてくれる。時間に追われ、不安で泣き出す萌波をあやしながら食事を作っていた一年前は、こんな生活が待っているとは思わなかった。

法介は萌波の頭をくしゃくしゃと撫《な》でてから台所に立った。朝作った味噌汁の残りに火を入れ、グラスを取って冷蔵庫でキンキンに冷やした麦茶をそそぐ。

「船頭さん、回覧板回ってきてました。赤姫祭りって知ってます？　毎年やってる夏祭りみたいなんですけど。八月の、九日、十日、十一日の三日間」

「あー、知らねえなあ。俺がこっちに越してきたの去年の九月――松葉《まつば》のじいさんが整備工場やめるって聞いたあとだから」

船頭は、若いころいろいろ世話になった〝松葉のじいさん〟から家や工場、道具の一切をただ同然で譲り受けたらしい。九月に引っ越してきたのなら赤姫祭りのことを知らないのも無理はない。水音を聞きながら法介はしめ縄を見る。

「しめ縄も回覧板と一緒に届きました」

「そういや持ってきてくれるって言ってたな。あとで玄関に吊《つ》るしとくか」

「正月でもないのに？」

「そういう風習なんだって。とくに夏は、しめ縄がないと危ないって言ってた。なにがどう危ないのかさっぱりだけど、入られて引かれると困るからって」

船頭の要領を得ない返答に首をひねりつつ回覧板を手に取ると、「もなみも見るー」と、背伸びしてきた。

「これは萌波にはまだ読めないよ」

「ご本」

「本じゃなくて回覧板。ほら、絵は載ってないだろ？」

見せてやると萌波の眉がぎゅっと中央に寄せられた。引っ越す前は近くに児童館があってよく連れていった。絵本コーナーに行った萌波は、厳選した一冊を手に戻ってくるのだ。多少言葉が遅くとも、同い年の子と比べて小さめでも、こうしてちゃんと主張してくる。それを見ると安堵《あんど》とともに嬉《うれ》しくなって、望みを叶《かな》えたくなるのだ。

「船頭さん、近所に図書館って……」

「ここらにはないな。隣町にあるから行ってみるか？　車出すぞ。軽トラックだけどな！　萌波、軽トラック好きだろ。格好いいよな？」

水音が途切れ、洗い立てのタオルで顔を拭きながら船頭が大股で戻ってくる。

「大好き！」

ぱあっと目を輝かせる萌波を見て法介は慌てた。車検で何台か入庫している。夕方には取りにくるはずだから、図書館に行くゆとりなどないはずだ。

「い、いえ、大丈夫です。本は……そうだ。学校で借りられますから！」

「ちぇー。ちょっとサボりたかったのになー」

拗《す》ねてみせる船頭の気遣いに頭を下げて、コンロの火を切って味噌汁をお椀に移す。

「がっこう？　しょうがっこう？」

「高校。お兄ちゃんが勉強に行ってるところだよ。ほら、木でできた大きなお城があるって、引っ越したとき萌波が言ってただろ？　文房具屋さんの近く。わかる？」

うんっとうなずいたあと、「もなみも行くー」と、元気に手を上げた。

「お兄ちゃんが行ってるのは高校で、高校は、萌波はまだ行けなくて……」

萌波の眉がハの字に下がる。目が潤むのを見て法介が言いよどむと、喉《のど》を鳴らしながら麦茶を飲み干した船頭がバチンと音がしそうなほど派手にウインクした。

「法介、固いこと言うなよ。夏休みだし、ちょっとくらいいいんじゃないか？　なあ、萌波。萌波はお兄ちゃんの言うことちゃんと聞けるよな？」

「うん。きける」

ついていきたくてたまらないのだろう。神妙な顔で萌波がこくこくとうなずく。そんな姿を見ていると、だめとは言えなくなってしまった。

お気に入りの麦わら帽子を手にする妹に苦笑し、法介はデジカメと手帳を摑《つか》んだ。

2

交通の便が悪い田舎の家は、都会よりはるかに多くの車を所有する。一家に一台ではなく一人に一台。そんな状況だから、外に行くときは必ず萌波と手を繫《つな》ぐようにしている。それが近所では妙に評判で「いいお兄ちゃんね」と褒められることもしばしばだ。

今日も今日とて近所の主婦連中に褒められ、恐縮しつつ学校まで萌波のペースで歩く。

「しまった。赤姫祭りのこと、訊《き》いてみればよかった」

学校に着く直前にそのことに気づいた。学校で訊こうにもリサーチ通り、夏合宿に出ているらしく校庭に人影はない。

「……普通、夏休みっていったら学校で部活動なんだけど、一人もいないって……」

部活動に熱心な高校ではないが、それでも放課後には校庭や屋内運動場はさまざまな部活の部員で賑わう。法介が新聞部の部室で原稿用紙を前にうなっているとき、弓道部であるモトキは袴《はかま》姿で矢をつがえる。見た目が完全に異国風のモトキが的《まと》を射るさまは、女子は言うに及ばず、男子の口からも吐息を引き出すほど麗《うるわ》しいのだ。

——もっとも本人は、毎日不機嫌そうな顔をしているけれど。

校庭に人がいない理由を考えていたつもりが、すっかりモトキにターゲットが移っている。思考を切り替えようとした法介だが、やっぱりモトキの姿を思い浮かべてしまった。

「うーん。青い目の霊感少年が弓道で矢をつがえる、か。叶《かの》って自覚ないけど、不機嫌な顔しながら世話焼きさんなんだよなー。ツンデレ王子の秘密の放課後とかいう見出しつけたら読者が増えそう。い、いやいや、友人を売るなんてそんなこと……」

ブツブツ言いつつ職員用出入り口に向かう。二日前、蔵に生き霊がやってきたというのは問い詰めたすえに聞き出したネタだ。一番強い思いが動力源となり恋人を捜し続けていたのなら、彼女はきっと誰よりも深く彼を愛していたに違いない。怖い反面羨《うらや》ましく思いながら職員用の自転車置き場を覗《のぞ》くと、そこには自転車が二台置かれていた。ピンクのボディは養護教諭の綿貫菜々《わたぬきなな》先生のものだ。運がいい。

「萌波、保健室に行こう」

人がいないというのも意外といいかもしれない。妹と手を繋いでいても同級生から冷やかされないのは気持ち的にも楽で、意気揚々《いきようよう》と職員用玄関から校内に入った。靴を脱いだ萌波を抱き上げた法介は、来客用のスリッパに履き替えると長い廊下を歩き出した。一歩進むごとに古い廊下は心地よく軋《きし》む。木造の校舎なんて最高の贅沢だ。ひんやりした空気を堪能し、目を輝かせてきょろきょろと辺りを見回す萌波へ視線を移す。

「萌波、また重くなったねえ」

「おもくなってないもん！」

頬《ほお》を膨らませる萌波に笑っていると、保健室のドアが開いて菜々先生が顔を出した。

「びっくりした。外輪《そとわ》くんの声だったのね。どうしたの？」

「すみません。図書室で本を借りたいんですけど、借りられますか」

見知らぬ女性に警戒し、萌波がきゅっと法介にしがみつく。が、「いいわよ」と快《こころよ》く応じて微笑《ほほえ》む菜々先生のことは気になるのか、ちらちらと盗み見た。

「萌波、ごあいさつは？」

「こ……こんにちは」

ぺこりと頭を下げた萌波は、再び法介の首にしがみつく。

「こんにちは、萌波ちゃんっていうのね。ちゃんとごあいさつできて偉いわね。……外輪くんの、妹さん？」

「はい。本が読みたいって言うから」

「わかったわ。ちょっと待っててね」

菜々先生は、二丁目から峠《とうげ》を越え隣町に行かなければ本が手に入らない状況を察してくれたらしい。すぐに職員室から〝図書室〟と焼き印入りの木札《きふだ》がついた鍵を取ってきてくれた。学校を題材に取材しても面白いのではないか、そんなことを考えながら「赤姫祭りって知ってますか？」と尋ねてみる。黒く健康的な髪を一つにまとめた菜々先生が振り返る。淡い水色のブラウスにタイトスカートを合わせて白衣を羽織《はお》るというシンプルな格好だが、すらりとした長身のためか妙にさまになっている。学生のころはモデルをしていたという噂《うわさ》は、まんざら嘘《うそ》ではないのかもしれない。人に歴史有り、だ。

「お盆の前にやるお祭りよね。女の人や子どもは参加できないって聞いたけど」

「知らないんですか？」

意外にも口伝《くでん》調の答えに驚く。

「私、職員採用で荒霊村に引っ越してきたのよ。今年の三月に」

「——でも、叶の親戚ですよね」

「遠縁のね。言われるまで、この村に親類がいるのも知らなかったの。アパートがあるか訊こうと思って連絡したら、家が広いから一緒に住めばいいって言われて、悪いですって断ったらいつの間にか離れができてたの。もうびっくりしちゃって」

断るに断れなくなり、モトキの家の離れで暮らすようになったらしい。たどり着いた図書室の鍵を開けながら、ちょっとだけ困った顔で菜々先生が笑っている。

赤姫祭りの話は誰か別の人から聞くしかないらしい。落胆しながら萌波を床に下ろしてやると、いの一番で図書室に飛び込んだ。

「本は大事に扱うんだよ。破ったり、汚しちゃだめだからな」

「はあい」

元気な声が書架《しょか》の海に消える。

「可愛《かわい》い妹さんね」

「早く小学校に行きたいって、毎日大騒ぎしてます」

「ふふふ。楽しそうね。……外輪くん、お家《うち》のほうは、大丈夫？」

小声で訊かれてうなずく。一度、忙しさにかまけて食事をおろそかにしていたら貧血で倒れたことがある。それ以来、こうしていろいろ気づかってくれるのだ。

「周りの人がよくしてくれるから……妹も、よくしゃべるようになりました」

ぺたぺたと素足で歩き回る音が幾度も止まる。どうやら絵本コーナーにたどり着いたらしい。しばらくして、大切そうに絵本を一冊かかえて戻ってきた。セピア色の表紙を緑の枠で囲んだ絵本のタイトルは『かわんたろ』だ。受け取ってパラパラとページをめくる。絵本だけあってどのページにもイラストが描かれている。むしろイラストしかない。

何枚かめくってようやく『河童《かっぱ》』の文字を見つけた。

「……河童？」

人魚姫でも白雪姫でもなく、河童。女の子ならキラキラしたものを好んでもいいはずなのに——法介は当惑した。男所帯のせいで可愛らしいものへの興味が薄れているのだろうか。隣町のデパートに出かけ、店員や客たちから白い目を向けられるのを我慢して男三人で顔をつきあわせ幼女の服を吟味《ぎんみ》したあの日々は徒労《とろう》だったのか。

「こ、この一冊でいいの？　もっとほら、キラキラーっとかふわふわーっとか、レースとかドレスとかお花とか、お姫様とか王子様とかいっぱい載ってる絵本は」

「このご本でいいの」

「……これ一冊？」

「うん」

　萌波は河童の絵本がいたく気に入ったらしい。戸惑いながら絵本を返すと両手でぎゅっと抱きしめた。その姿が可愛かったので、父用にシャッターを切った。

　貸し出しカードを書き、菜々先生にお礼を言って萌波と一緒に学校をあとにする。絵本を預かろうとしたら拒否されたので、仕方なく手だけを繋ぐ。道沿いの家は、どの玄関にもしめ縄が飾られていた。太さや大きさは多少違っているがすべて左綯えだ。

　デジカメで通りを撮影したとき、ぐんっと腕を引かれた。

　元気に法介を先導する萌波が、家とは違う方向へ行こうとしている。赤い靴を履いた小さな足は、舗装された道をはずれ、水田のあいだのあぜ道を迷いもせず歩いて行く。

「萌波、待って。そっちは家じゃないよ。そっちは——」

　ざあっと風が渡り、青々とした稲を揺らした。

　水田の向こう、法介たちに背を向けるようにして人が立っていた。夏の日差しに屈しない闇《やみ》色の髪を風に遊ばせるほっそりとした体。白いシャツの上からも華奢《きゃしゃ》な体つきが見て取れる。うなじは青白く見えるほど白く、触れれば空気に溶けてしまいそうだった。

「……人……？」

まさかモトキの影響で超感覚の覚醒か。興奮気味に足を踏み出すと、ふっとその人が動いた。短い黒髪が白い頰にかかる。影を落とす長いまつげがゆっくりと持ち上がり、どこまでも黒い瞳が法介に向けられる。呼吸も忘れて法介は見とれる。その人を一言で表現するなら〝美人〟だった。中性的な容姿に物憂《ものう》げな眼差《まなざ》し、この暑さに汗一つかかない透き通るように白い肌——この世のものとは、到底思えなかった。

「誰？」

声まで透明だ、そんなことを考えてはっとわれに返る。

「ぼ、僕は荒霊高校一年の、外輪法介です！　こっちは妹の萌波。ご、ごあいさつ！」

背中を押すと、萌波が身をひるがえしてさっと法介の後ろに隠れた。耳まで赤い。どうやら照れているらしい。

「薫《かおる》だよ」

「え？」

「僕の名前。薫っていうんだ」

なんだ男か、というのが顔に出てしまった。

「ごめんね、紛らわしくて」

「えっ。いや、そんなことは……こ、こっちこそ、ごめんなさい」

ぺこりと頭を下げると、萌波まで一緒に頭を下げていた。くすくすと笑う薫は、スポットライトで照らされたかのようにキラキラと輝いていた。美形はオーラまで違うのか！　と仰天していると、すぐに彼の背後に川があることに気がついた。キラキラの元は光を反射する水面だったのだ。一人項垂《うなだ》れていると、

「どこに行くの？」

と、薫が柔らかな声で訊いてきた。萌波は法介の後ろから顔を出し、絵本の表紙を小さな手で二度叩いた。

「かわんたろとお友だちになるの」

そうきたか、と、法介は苦笑する。少年と河童の物語に感化されてしまったらしい。

「かわんたろ？」

「河童のこと。絵本に出てきて、気に入ったみたいで」

「……ああ、絵本の……でも、だめだよ」

声はどこまでも柔らかく静かだ。中性的だが決して弱々しい感じのしない、穏やかさの中にも芯を感じる不思議な声だった。

誘われるように近づいた法介は、ふっと足を止める。

近くで見ると、薫は全身びしょ濡《ぬ》れだった。肌に触れたシャツがわずかに色づき、髪のさきから零《こぼ》れた滴《しずく》が服に落ち、濃度を増す。目を奪われる、というのを生まれてはじめて体験した。この世のものとは思えない美しさだった。

「河童、本当にいるから」

頬をすべった水滴が顎《あご》で玉を結ぶ。

「連れていかれちゃうよ」

水滴の中で逆さまになった森が、ざわざわとささやくように揺れた。

3

「かわんたろとお友だちになる」

「連れていかれたら家に帰れなくなるよ。お父さんが泣いちゃうよ?」

「かわんたろ!」

「え、絵本ではかわんたろは川の中にいて……」

「いや! さがすの!」

おとぎ話は創作で、絵本はそれを誰でも楽しめるように描かれた書物だ。いくら村を流れる川がきれいでも河童なんているはずがない。国内をくまなく探しても、海外を探しても、この結論に劇的な変化はないだろう。

「いやでも、さっき薫くんはいるって言ったよなあ……」

ぷうっと頬を膨らませ徹底抗戦の構えをみせる妹に困り果て、法介はちらりと背後を見る。河童がいると言い切った薫は、キラキラと輝く水面を静かに見つめていた。夏の日差しとときおり吹く熱風が、薫の濡れた服を瞬《また》く間に乾かす。川遊びでもしたのだろうか、しかし服のまま？　と、首をかしげていると、彼は茶色い革靴を脱いでおもむろにひっくり返した。中から水がぼたぼたと零れ落ち、足下の小石と草を濡らした。

——変わった人だ。

じっと見ていると視線が合った。反射的に身を引く法介に、薫はなまめかしく右手を上げた。白魚のような指なんて同性に使う言葉ではないが、そんな響きがぴったりの指が法介を指さし、横に移動した。自分が指さされたわけではないと悟って振り向くと、萌波が水源を探すように川沿いを歩いていく。

「萌波！　勝手に行っちゃだめだったら！」

絵本を抱きしめたまま、萌波が思いがけない速度で遠ざかる。体は小さいが歩くのは決して遅くない。それどころかちょこまかとすばしっこい。大量の小石と流木、砂と草を軽々と飛び越えてどんどんさきへ進んでいく。

「萌波！　ちょ、ま……っ」

追いかけようとして、法介は石に足を取られた。砂をまき散らして顔面から転ぶ。眼鏡のフレームが顔に食い込む痛みにうめいていると、パタパタと足音が近づいてきた。

「い、痛い？　痛くない？　泣きそう？　泣いちゃう？」

「……泣きそう」

問う萌波に答えると、慌てたように小さな手が法介の頭を撫でた。レースやドレスに興味がなくても、王子様じゃなくて河童に興味を持っていても、萌波は萌波だ。優しい妹だ。そう思って法介は顔を上げる。立ち上がると、岩の上に絵本を置いた萌波がふくふくしい手で法介の体についている砂を払ってくれた。

そして、砂を払い終えた手が法介に差し出される。

「あぶないから、手をつなごうね」

「ん」

立場が逆じゃないだろうかと思いつつ、法介は素直に萌波の手を握る。萌波が絵本を胸に抱くのを見ていたら、ぷっと噴き出すような声がした。慌てて振り返れば、薫が近くの岩を激しく連打しながら肩を震わせていた。

いつものくせで萌波に合わせてしゃべっていたのを聞かれてしまったらしい。

「ごめん、笑うつもりはなかったんだけど……、可愛いね。いい兄妹《きょうだい》だね」

涙を指先で拭きながら薫に言われ、法介は赤くなった。褒められたのが嬉しかったのか、萌波の口がむずむず動いている。法介は息をつき、萌波の丸い頭を撫でてから川上を見た。

「僕がそばにいたら、たとえ河童に出会ったとしても変なことはしてこないと思うんだ」

「……探すの？」

「一応」

薫に答えると、萌波の表情が明るくなる。家にいるくらいなら、せせらぎに耳を傾けるのもいいだろう。せっかくの夏休みなのだ。少しくらい冒険をしてみるのも悪くない。

法介は萌波を連れて歩き出す。

「じゃ、僕も」

なぜだか薫もくっついてきた。

「河童の正体って知ってる？」

川にはトンボをはじめとするさまざまな生き物が棲《す》んでいる。鮒《ふな》、ドジョウ、ゲンゴロウにギンヤンマ。もちろん石の陰《かげ》にはサワガニも隠れている。突然飛び出すカエルに萌波と一緒になって悲鳴をあげていると、楽しげに声を弾ませて薫が尋ねてきた。

「河童って、妖怪だよね？」

ぬめぬめした緑の肌に頭の皿と背中の甲羅《こうら》が特徴で、髪は水に濡れ、両手両足の水かきで水の中を自在に泳ぐ。それが法介の持つ——おそらくは、ごくごく一般的な河童のイメージだろう。あとはキュウリが好きといったところか。

「一説には神様だとも言われてるんだよ」

「……あ、聞いたことある。でも、頭のお皿が乾く神様って、あんまり御利益なさそう。体臭が臭いとか、よけいなオプションまでついてるし」

河童のいる岩を見つけようと歩き回る萌波に直接日光が当たらないよう、法介はさり気なく誘導させながら答えた。

「しりこだま、だっけ。抜いちゃうとかいう昔話を読んだことある」

それを考えると、絵本に出てきた河童のかわんたろの、なんと優しく頼もしいことか。創作とはいえ、別の生き物に思えてくるほどだ。

「……河童の正体が溺死体っていう説もある」

「え」

驚く法介を見て薫は声を落とした。萌波に聞かれないようにという配慮だろう。

「溺《おぼ》れた子どもの遺体が誰かの目には化け物に見えたんだろうね。昔描かれた河童の多くが小柄なのは、それが理由なのかもしれない」

つまり今、法介たちが探しているのは死人ということになるのか。ふいに背筋がぞくぞくした。空気は熱いのに冷や汗が止まらない。モトキが女の生き霊と会話をしていたと聞いたときもぞくぞくしたが、怪奇現象というのは、注意深く探せば簡単に踏み込める、ほんの身近な——薄皮一枚隔《へだ》てただけの世界で起こる事象なのかもしれない。

「な、なんか、わくわくしてきた！」

「……あれ？　怖くない？」

「僕はジャーナリスト志望。好奇心が宝！」

「手強いなあ」

薫が困ったような顔になる。

「子どもの霊って怖いんだよ。大人のそれよりずっとたちが悪い。害意なく生者も死者も取り込んでしまうことがあるから。気をつけないと——引かれるよ」

聞こえてきた声があまりにも低くてぞわっと鳥肌が立つ。薫の持つ独特の雰囲気がそうさせているのか、彼の周りだけ温度が低く感じた。

引き返すべきか、もう少し萌波につきあうべきか。法介の手を離れ、きゃっきゃと声をあげて川原を駆け回る妹を見て思案する。

楽しげな姿に、もう少しだけ、そう決めた。

渓流釣りを楽しむ男性や、せせらぎに耳を傾ける老夫婦、登山道から歩いてきたのだという主婦の一群と軽くあいさつを交わしながら川上に向かって歩いて行く。普段あまり歩かない法介には酷な道だ。だが、萌波のテンションはまったく衰《おとろ》えなかった。そのうえ、薫もけろりとしている。見た目以上に体力があるらしい。

あぜ道沿いにぐねぐねと蛇行《だこう》した川は、緑たたえる沢となり山の中へと伸びた。

「萌波、もうそろそろ戻ろう。お兄ちゃん、つ、疲れた……っ」

「だーめ」

ちっとも取り合ってくれない。このままでは本当に河童を見つけるまで終わりそうにない。小さな手で木を掴んで急勾配《きゅうこうばい》をのぼり、葉に透ける光に全身を真っ青に染めながら、萌波が深緑へ踏み込んでいく。草葉のにおいが濃い。否《いな》、土のにおいかもしれない。あるいは水のにおいか。すべてが混じり合った空気が全身をひんやりと包んで火照《ほて》る体を冷やしてくれるものの、それでもまだ足りない。

法介は足を止め、迷いつつもせせらぎに手を伸ばす。冷えた水にゴクリと喉が鳴った。

「こ、この水……」

「飲んでも大丈夫だよ。水道水よりずっと体にいい水だから」

当然とばかりに薫に返され、法介はデジカメで水面を写してから両手で水をすくった。肌の色が少し濃くなったような錯覚に目を見張り口をつける。甘い、というのが素直な感想だった。荒霊村の水道水もおいしいと思っていたが、湧き水はまったく味が違う。水がすんなりと喉を通っていく。法介を真似て口に水を含んだ萌波も目を丸くしている。

「お兄ちゃん、おいしいね」

何度か水を飲み、萌波は元気に河童探しを再開する。それから十分ほど歩くと大きな水音が聞こえ、空気が湿り気を帯びた。枝葉のあいだから滝が見える。高低差は五メートルほどだろう。零れる日差しに萌える緑が美しく、法介は思わず足を止めた。

「あった！」

低木をかき分け萌波が声を弾ませる。われに返ってあとを追うと、大きな岩が一つ顔を覗かせる滝壺《たきつぼ》があった。萌波は何度か絵本と岩を見比べてから大きくうなずき、滝壺の周りをぱたぱたと歩きはじめた。

「河童、いそう？」

遅れてやってきた薫に問われて法介は肩をすくめる。

「いてくれたらいいんだけど」

しばらくすると、萌波は滝壺の脇にある石にちょこんと腰を下ろした。五分経過すると少し肩が落ち、十分経過で前屈姿勢になり、三十分が経過するころには膝《ひざ》をかかえる格好になっていた。細かなしぶきで濡れないように足とお腹《なか》のあいだに絵本を挟んだ姿のまま、萌波はひたすら滝壺を見ていた。いつもなら五分で飽きるところだが、今日はまったく動く気配がない。

四十分を過ぎたころ、ふにゃりと萌波の眉が下がりはじめた。

河童はいないと告げるべきか、萌波があきらめるのを待つべきか、あるいは――。

「僕が、河童になるべきか」

いやもう、ここは一肌脱ぐしかないだろう。妹が喜ぶなら河童にでもなんでもなりきってみせようじゃないか。法介は奮起した。なにごとも勢いが大事だ。

「なるべきって」

「うん。クリスマスにサンタさんになりきるお父さんの心境で」

「――ちょっと無理があるんじゃないかな。すぐにバレると思うけど」

萌波に気づかれないよう水に入り、顔を半分だけ水面から出し「やあ」と声をかける。完璧な計画だ。意気込んで薫に告げると、色よい返事の代わりにうなり声が返ってきた。

「それで誤魔化されてくれるかなあ」

「やっぱり変装しなきゃだめか。そうだよね。お父サンタだって、サンタルックをしてるから子どもたちが信じるんだ。僕も河童になりきるために河童ルックにならないと！」

「え、いや、河童ルックって」

「ごめん、薫くん。ちょっと萌波を見ててくれる？　変装道具を探してくるから！」

　これ以上、妹を待たせるわけにはいかない。すっくと立ち上がった法介は、

「お兄ちゃん、ちょっとトイレ行ってくる！　すぐ戻るから、薫くんと待ってるんだよ！」

　と、萌波に言い残して駆け出した。幸い、つい先日、モトキと一緒に山林を歩いたばかりだ。足場が悪いのも、気を抜くと自分がどこにいるのかわからなくなってしまう状況も経験ずみである。

「好奇心は宝だけど、経験も宝だなあ」

　幸運なことに十分ほどで山を抜けることができた。学校のある四丁目から萌波に手を引かれるまま山に入り、川沿いに歩いて滝壺に向かったせいで、いつの間にか一丁目に移動していたらしい。照りつける日差しのせいで、体の表面がちりちりと焼けていく。眼前に広がる水田にめまいを覚えながらも法介は再び走り出した。

「河童、河童。河童になりきるにはなにがいるっけ。緑の全身タイツは通販でしか買えないだろうし、緑のシャツは持ってないし……あ、緑色のゴミ袋があった！」

弾む呼吸の合間に言葉を吐き出す。ゴミ袋をかぶって水の中に入れば河童っぽく見えるのではないか、そう期待する。

「浮いちゃったりして。河童なのに浮き袋的な」

第一、顔はどうするんだ——そう考えながら水田を抜ける。民家の塀沿いに道を曲がったとき、胸元になにかがぶつかって体が後ろへはね飛ばされた。よろめいた法介は尻餅《しりもち》をつき、しこたま打ち付けた腰をさすりながら体を起こす。前方に少年が転がっていた。

「うわ！　ごめん、大丈夫⁉」

法介が立ち上がるのと同じタイミングで、少年がぴょこんと体を起こした。まるでバネ式の人形のように軽快な身のこなしだった。

「今、河童って聞こえた！　河童どうするんだ？　捕まえるのか？」

ぶつかったことなどどうでもいいというように、少年は目をキラキラさせながら法介に詰め寄ってきた。明るい茶髪を寝癖でぴょんぴょんと跳ねさせる少年は、猫のようなつり目で法介を見つめる。〝唯我独尊《ゆいがどくそん》〟の文字と学ラン姿のガラの悪そうなお釈迦様《しゃかさま》がプリントされたTシャツと、ルーズストレートなジーンズを合わせている少年のテンションが、

「オラわくわくすっぞ」が口癖の某キャラを彷彿《ほうふつ》とさせた。今年は同人誌即売会《夏の祭典》には行けないんだよなあ、と、ちらと考えていると、さらにずいっと少年が詰め寄ってきた。

「ち、近い、近い！」

法介の胸に少年の肩がぶつかって、思わず一歩後ずさった。一六〇センチにも満たない身長なのに、そんなことなど微塵も感じさせないパワフルな少年だ。

「俺、ちっちゃいころ河童捕まえようと思って罠《わな》仕掛けたりしたんだ。キュウリとかで。そのときは捕まらなかったんだよなあ。お前、どんな罠仕掛けたんだ？」

「捕まえるんじゃなくて、変装するんだ」

勢いに押されて答えると、少年は大きな目を瞬いた。

「変装ってなに？　仮装？」

「妹が河童と友だちになるって聞かなくて、とりあえず納得させるために……」

「ふーん。捕まえるんじゃないのか」

残念そうにつぶやいた少年は、直後にポンと手を打った。

「手伝ってやるよ。ケータイ鳴らしてるのに友だちが捕まらなくて、今、俺暇なんだ。せっかく制服持ってきたのになあ」

「え、でも」

「河童っていったら緑の皮膚だよな。どうするの？」

強引に話が進められ、しかもその内容が今まさに法介を悩ませる問題だった。

「ゴミ袋をテープで留めて……あ、人形のほうがいいのかな。余り布を丸めてペンで緑に塗って、毛糸で髪の毛作って顔を描いて……」

法介は少年にうながされるまま歩き、あれこれと案を出していく。滝壺に人形を沈めてロープで引く案を出し、動かないのは面白くないと却下される。

「ペンキでいいじゃん。緑のペンキ」

「塗るの⁉　体に⁉」

名案なのか奇策なのかもわからないが、少なくとも、ゴミ袋をかぶるよりは本物っぽく見えるかもしれない。

「でも、ペンキなんて文房具屋さんに売ってたかなあ。あ、店の奥にあったような……」

「買わなくても家にある」

少年はそう言って法介の手を引いた。

「俺の家、大工だから！」

少年は〝建太《けんた》〟と名乗った。

連れていかれたのは、荒霊村一丁目、宇城《うじよう》家に勝るとも劣らない立派な木造住宅だった。

ただしこちらは新しく、太い柱の木目に至るまでこだわりが見てとれた。

見事な門構えに思わずデジカメを向ける。おおっと声をあげてシャッターを切っていると、倉庫に行った建太がペンキの缶と刷毛《はけ》を手に戻ってきた。途中で軽い電子音に足を止め、ジーンズのポケットから携帯電話を取り出す。

「もしもし？　おー、久しぶりー。お前も帰ってきてるんだっけ？　ん……うん。家だけど。そーだよ。みんなケータイ出ないんだもんなあ。……え、こっち向かってるの？　いいけど、俺これから河童作戦で忙しいから遊んでやれないぞ」

どうやら友だちらしい。いいなあ、小学生は無邪気で。そう思っていると、ペンキと刷毛を法介に渡した建太が再び遠ざかっていった。次に戻ってきたときには電話は終わっていて、大きなタライを二つ持っていた。どうやら甲羅のつもりらしい。小脇には洗濯板と真っ白な皿。

「その洗濯板は……」

はじめて本物を見た。法介が戸惑っていると建太が洗濯板を腹に押し当てた。

「こうすれば腹筋が割れてるように見えるだろ？」

「み、……見えるかなあ」

河童の腹筋が割れている必要性が見いだせずに言葉を濁《にご》していると、男が一人、門をくぐってすたすたと近づいてきた。先日クリニックで会ったモトキの幼なじみ、宇城将親《まさちか》だ。

「将親、こっちこっち」

建太がぶんぶんとタライをふった。

「知り合い？」

「幼なじみ。高校バラバラだから、会うの久しぶりなんだ」

「高校生⁉　って、あ、ごめん」

法介が口を閉じると、建太がニパっと笑った。

「よく中学生に間違われるんだよな、俺」

中学生どころか小学生に見えた。雰囲気がどう見ても高校生ではない。曖昧《あいまい》に笑っているとやってきた将親が法介を見て首をかしげた。なぜこんなところにいるんだと言わんばかりの表情だ。

「俺たちこれから河童作戦だから！」

「さっきも言ってたが、河童捕まえるのまだあきらめてなかったのか」

「じゃなくて、法介の妹が河童と友だちになりたがってるって言うから、河童に化けてそれっぽく親交を深めようかなって思ってさ」

　建太があっけらかんと答えると、将親の目の色が変わった。

「――妹？」

　将親に鋭い視線を向けられて法介は苦笑いした。女の子ならドレスとお姫様だよなあと思いつつ、首からさげていたデジカメから、学校で撮った『絵本を手に微笑む妹のベストショット』を見せた。

「妹の萌波。……女の子なのに河童なんてやっぱり変だよねえ。でも本人は真剣で、だから僕も、あんまり夢は壊したくないなっていうか……」

　容赦なく降りそそぐ日差しのせいなのかもしれない。説明していると嫌な汗が額《ひたい》ににじんだ。イケメンに、こんな言い方で通用するだろうか――そう思っていると。

「……建太、まさかお前、ペンキを体に塗るつもりじゃないだろうな」

　と、確認された。建太はぐっと胸を張る。

「いい案だろ？」

「テープにしたらどうだ。梱包《こんぽう》用の緑のがあっただろ」

「テープか！」

　おおっと声をあげて建太が駆け出し、すぐにビニール袋に入った緑のテープを持ってきた。ガムテープを想像していた法介は半透明のテープに驚いた。梱包用とあって、手で切れる優れものだ。それは、法介が引っ越しの際にお世話になった品だった。

「で、妹はどこにいるんだ?」

将親になぜかそわそわと尋ねられ、法介は山を指さした。

「川で偶然会った人に頼んである。今、山の中の滝壺のところ」

「偶然会ったって——それ、知り合い?」

今度は建太に尋ねられた。

「さっき、たまたま会ったんだ。川遊びでもしてたんだろうなあ。全身ずぶ濡れで、ちょっと変わった雰囲気の男の人で……そういえば、河童のこと、詳しそうだった」

いい人がいてよかった、そう思って伝えると、建太と将親の顔が同時に曇った。

「つまり、妹は見知らぬ男と二人っきりってこと?」

「ん……そう、なる……かな」

無自覚な不安がどんっと体の奥を叩き、法介はとっさに胸へ手を当てた。

引っ越してきた直後、遠巻きに見てきた近所の人たちとはすっかり打ち解け、今ではずっとここで暮らしてきた仲間であるかのようによくしてもらっている。

村の人はみんな寛容で親切だ。

だが当然のことながら、世の中にはいい人もいれば悪い人もいる。もしかしたら、村の中にも悪い人がいるかもしれない。あるいは、彼が村の外の人間だったのなら――。

そうだ。彼は白いシャツに紺のパンツと革靴という、この村では学校か役場くらいでしか見かけない格好をしていた。

彼がもしいい人ではなかったら。村の外から来た人間だったのなら。

「あ、あれ、どうしよう。これって、まずい？」

すうっと目の前が暗くなる。ふらつく法介の体を支えたのは将親だった。将親は法介から視線をはずすと建太を見た。

「滝壺だな。建太、場所わかるな？」

「任せろ！」

大きくうなずくと、建太は河童変身グッズを持ったまま勢いよく駆け出した。

「待て、荷物は邪魔だから置いていけ……って、聞いてないな。あの韋駄天《いだてん》は」

瞬く間に小さくなる背に将親は溜息《ためいき》をつく。足が速いなんてものじゃない。小さな体のどこにそんな瞬発力があるのかと驚くほどのスピードだ。しかし今は、妹のことで動揺しすぎて思考がまとまらない。

「俺たちも行くぞ」

「あ……うん。ご、ごめん、僕、全然、なにも考えてなくて……」

背中を軽く叩かれて、こわばっていた体が前に出た。

「心配するな。建太はあれで役に立つ。山のことはだいたい知ってるからな」

「うん」

一度体が動き出すと、それからはスムーズだった。

法介が萌波を薫に頼んだのだ。疑うなんて失礼だ。そう思う一方で、ぴったりとあとをついてきた薫に今さらながら不信感を抱いた。なにか下心があったのではないか、だから優しいふりをしたのではないか、そう疑ってしまう。

もし萌波になにかあったら。

「どうしよう」

恐怖に足がすくむ。立ち止まりかけたおのれを叱咤《しった》し、法介は懸命に走った。

——将親の携帯電話が鳴ったのは、二人が山に入る直前だった。


通話を終えた将親は、ちらりと法介を見て渋面になる。

「今の電話って建太くん⁉　萌波は⁉　妹は——」

「無事だ」

が、渋面が崩れない。胸を撫で下ろした法介は、山に分け入りながらも険しい表情を崩さない将親にだんだんと不安になってきた。法介を安心させるために無事だと言ったのではないか、そう思いながらも問いただせないのは心の準備ができていないからだ。

黙々と歩く山道は、今までにない急勾配だった。川上に向かって歩いたときや、一人で山を出てきたときとは違う道筋を進んでいるらしい。

「……どこに向かってるの？」

妹を案じるときとは違う不安感が胸の奥にじわじわと広がっていく。乱れた息で問う言葉は不自然に弾んでいた。涼しいはずの日陰も今はあまり意味をなさない。にじむ汗を何度も拭きながら歩いていると、前を行く将親の足が止まった。

激しい水音にこくりと法介の喉が鳴った。高所から水が落下する音——滝だ。しかし、目の前には滝壺も巨大な岩も、ましてや妹の姿もない。あるのは勢いよく流れる川とトランクス一枚の建太だった。細いが、しっかりと筋肉がついたきれいな体である。

「な……なんで脱いでるの？　っていうか、ここどこ」

息を整えながら訊くと、建太は立てた人差し指を口に運んで黙るように指示し、その指で西を指さした。つられて横を見た法介は、驚きのあまり立ちすくんだ。滝は滝でも高度が違う――ここは、先刻までいた滝壺の真上だったのだ。

恐る恐る崖に近づくと、めまいを覚えるほど高かった。滝の下では、別れたときの姿そのままに、萌波が絵本を守るように体を丸めていた。薫はその少し後ろで静かに控えている。安堵にくずおれる法介は、建太に肩を叩かれ顔を上げた。

「やるぞ」

キシシッと建太が笑う。

「やるって、なにを」

「河童。せっかくやるならインパクト重視だよなー」

建太に眼鏡を奪われ、嫌な予感が足下から這《は》い上がってきた。まさかという思いとともに将親を見ると「あきらめろ」と、身も蓋《ふた》もない言葉が返ってきた。二人がかりで服を剝がされ、抵抗虚《むな》しく梱包テープが次々と貼られていく。剝がすときの苦痛は考慮されていないらしい。毛深くはないがまったく毛がないわけではないのだ。かろうじて被害をまぬがれたのは頭皮と眉毛だけで、それ以外は関接が動かせるよう工夫しながらの入念な貼りっぷりだった。

「ここまで貼るとさすがに人相が変わるな。見ようによっては河童っぽい」

将親ができあがった二匹の河童を見て感心する。眼鏡が奪われた上に入念にテープを貼られているため表情筋が完全に機能不全を起こしていた。

しかし、なにより疑問なのは河童の登場の仕方だ。

「もしかしてと思うけど……ここから、飛び下りるなんてないよね……？」

滝壺の怖さはニュースなどでも知ることができる。複雑に渦巻く水流――縦渦に呑《の》み込まれ、水底で遺体が見つかったという悲惨な事故は今でも起こっているのだ。ニュースになるのは十メートル、二十メートルという高所からの転落だが、五メートルだって三階の窓から飛び下りるようなものだ。絶対に安全とは言えないだろう。

「さっき滝壺見たとき、滝の真下に泡が固まってただろ？　あれに巻き込まれないように、助走つけて思いきり飛べば大丈夫」

「助走って……下、岩があるけど」

「その向こうまで飛ぶんだ」

弾むように歩く建太に腕を取られて法介は真っ青になる。将親に助けを求めるも「思いきり行け」という助言のみが返ってきた。ずるずる引きずられる法介は、ついには川に足を踏み入れることになった。思った以上に流れが速い。水圧でよろめく法介を建太が軽々と支えた。心臓がバクバクする。足を取られ流されたら、縦渦に巻き込まれかねない。

「よし、じゃあ行くぞ」

建太が法介の腕から手を放す。ほっと息をついて岸を見た。このまま飛び込まず岸に戻ろう——そんなことを考えながら将親を見ると、考えていることがバレバレなのか、苦笑とともに手招きされた。

そこで少し気がゆるんだ。

「いっちばーん！　河童のケンタ、いっきまーす!!」

器用に水かきまで再現した手をぴっと上げ、建太が宣言する。

「違う、河童のかわんたろ……」

訂正した法介は、日差しをいっぱいに受け、軽やかに宙を舞う建太の背中を見た。まるで羽が生えたかのような滞空時間——緑の鳥だ。そうか、人間って飛べるんだな、なんて思って足を踏み出すと世界が反転した。視界いっぱいに空が広がる。ついで慌てたような将親の顔が見えた。なにか叫んでいるようだが水音がやかましくて聞き取れない。

ふっと体が宙に浮き、青空の中に緑が交じった。次の瞬間、ごぼっと音をたて体が水の中に沈んだ。夏とは思えないほど冷えた水が全身を刺す。眼前が白く染まる。それが泡だと気づいたとき、体が恐ろしい速度で水中に巻き込まれていくのを感じた。光にゆらめく水面が遠ざかり、瞬く間に視界が暗く塗りつぶされる。浮き上がろうと水を蹴《け》るものの、ぐんと持ち上がった体はもう一度水中へ引きずり込まれた。

滝壺の中央にある岩によって縦渦が生じているのだ。

助走をつけて飛んだ建太は、無事に岩を越えたに違いない。

だが、バランスを崩した法介は真っ逆さまに滝壺に落ちた。

早く上がらないと萌波にバレてしまう。早く縦渦から抜け出さないと異常事態に気づいた誰かが同じ渦に巻き込まれてしまう。早く、早く、ここから抜け出さないと――。

息が。

――喉から音がした。

法介の体から吐き出された大量の気泡が、不自然な水の流れに翻弄《ほんろう》される空気に混じって見えなくなる。水面が遠い。どんどんどんどん遠くなる。空気を求めて伸ばした法介の緑の手が闇の中に呑まれていく。

誰か――そう呼びかけようとして水を掻《か》く。だがすぐに腕から力が抜けた。

ああそうか、と、薄れゆく意識の中で気づいた。河童が亡くなった子どもなら、冷たくて苦しくて、寂しかったに違いない。絵本に描かれた河童を見て萌波はなにを思ったのだろう。深い緑のそのまた奥、清らかな流れの中にたった一人でいる河童に、もしかしたら妹は、自分自身を重ねていたのではないのか。母が去ったあと、父は昼夜を問わず働き、そばにいたのは日々の暮らしに必死な兄だけ。不甲斐《ふがい》ない兄のせいで寂しい思いをたくさんさせてしまったのではないのか。だから妹は、自分と同じように独りぼっちで寂しい思いをしているに違いない河童の友だちになろうと決心したのではないのか。

引っ越しをして、ようやくすべてがうまく動きはじめたというのに――。

また、寂しい思いをさせてしまうかもしれない。

「ごめん」

声が水に溶けたとき、なにかが法介に触れた。温度のない硬いものが手首を摑んでいる。ぐいぐいと引っぱられて腕がもげそうだ。だが、抵抗するほどの力は残っていなかった。

点のように小さく瞬いていた光が大きくなる。体が上昇しているのだ。

法介はなんとか瞼《まぶた》を持ち上げる。しかし、視界が白く濁ってうまく像を結ばない。ただ、手首を摑まれた感触は不思議と心に刻みついた。

緑の鱗《うろこ》に包まれた細い手首と骨張った指。黒い爪の生えた指と指のあいだには、薄い緑色の膜が張っていた。

激しい水音とともに体が水面から押し上げられたとき、法介の意識が途切れた。


目を開けると、河童姿の建太と泥まみれの将親が法介の顔を覗き込んでいた。

「気がついた……っ」

　建太は声を震わせ、将親はへたり込むように草の上に座り込んだ。なにが起こったのかわからず、法介はぼんやりと辺りを見回す。体を起こすと木々のあいだからどうどうと音をたてる滝と、滝のそばにある岩に萌波と薫が仲良く座っているのが見えた。

「滝壺に呑まれたときヤバいって思った。俺、頭から落ちるやつはじめて見た」

　建太のつぶやきに返す言葉もない。都会っ子という以前に、法介は運動全般が苦手だった。運動神経がないのだ。改めてそれを指摘されたようで落ち込んでしまう。

「まさか、水流に足を取られてそのまま流されるとは思わなかったからな」

　将親が力なく追い打ちをかけ、法介はますます居たたまれなくなる。

「あ、ありがとう。助けてくれて」

「「お前、自力で抜け出したんだろ？」」

　ぴったり重なった二人の声に法介が慌てて首を横にふった。

「無理無理。あんなの絶対無理。体力も息ももたないよ。それに、ほらこれ」

　法介は二人に右手首を見せた。テープの上からでもわかるくらいくっきりと手の痕《あと》が残っていた。

「建太くんが滝壺から引っぱり出してくれたんだろ？」

そう訊いてから、法介は手首の痣《あざ》が建太の手より一回り小さいことに気づく。サイズ的には萌波に近いが、当然、萌波ではない。萌波はまだ泳げないのだから。

「建太じゃない。滝から飛び下りたあと、萌波に愛想をふりまいて滝壺を出たんだ」

「人の妹をいきなり呼び捨てって──ちょっと待って。今なんて言った？　建太くんは滝壺に飛び込んで、出てきただけ？」

当惑する法介に、建太が腕のテープを剝がしながら神妙な顔でうなずいた。

「助けようと思ったら、薫が滝壺から出ろって言ってきたから」

「薫くんが？」

驚いて建太を見ると深々とうなずかれた。

「うん。ジェスチャーで」

「……って、薫くんと知り合いなの⁉」

「幼なじみ」

答えた建太が顔をしかめた。剝がしたテープに、毛がまばらに張り付いていた。

「そっか、幼なじみか。じゃあ僕を助けてくれたのは薫くんってこと？」

「いや、違う。薫も法介の妹と一緒に俺についてきたからそんな時間なかった。俺、心配になって途中で薫と法介の妹をまいて滝壺に戻ったし」

「……だったら……」

法介と建太の目が将親に向けられる。消去法なら将親が法介を助けたことになるのだ。だが、手のサイズもさることながら、彼は濡れてはいなかった。

混乱する法介に、将親はゆっくりと首を横にふった。

「俺じゃない。滝沿いに慌てて下りたら、もう建太が戻ってきてた」

「え、あの、つまりどういう流れなの？」

法介はますます混乱する。建太が「だから」と、言葉を継いだ。

「お前が自力で這い上がって、俺と将親でここまで運んだってことだろ。でも、それだと手首の痣が謎だよなあ」

建太の言葉を聞きながら、背筋がぞわぞわしてくるのを感じた。まさかもしや、そう疑う気持ちから必死で目をそむけ、無意識に腕を掻く。いまだ全身にテープが貼られていると思うと急に息苦しくなった。

腕のテープを剝がすと毛がちぎれてみちみちと音がした。

「服取ってくる。そのあいだにテープ剝がしておけよ」

将親が大股で急勾配を登っていくのを横目に、法介は建太と一緒になってテープを剝がす。しかし、思った以上に痛い。うねうねと体をねじりながらも懸命に剝がすが、どうしても足のテープだけは躊躇《ためら》ってしまう。このまま数日おいておけば粘着力が弱まってくれるのではないか——期待したが、甘かった。

「戻るまでにテープ剝がしておけって言っただろ。建太、しっかり押さえておけよ」

二人分の服を手に戻ってきた将親が、不吉な笑みを浮かべた。

「任せろ！」

止める間もなく建太にホールドされた。小さな体に似合わない怪力だ。焦っていると立て膝をついた将親が法介の足に貼ってあるテープを摑む。ひぃっと情けない声が出た。

「大声を出すと萌波に見つかるぞ。せっかく河童に会えたって大喜びしてる妹の夢をぶち壊す気か」

「だけど」

「男ならこれくらい我慢しろ。足の毛は生える。抵抗するなら頭にもテープを貼るぞ」

将親のひどい脅し文句に涙目になりつつもぐっと口を引き結ぶ。直後に感じた痛みは、二〇〇本のゴム銃が飛んできたものと同じだったに違いない。


ひりひりとする足をさすりつつ萌波のもとへ行くと、妹はいたく興奮した様子で叫んだ。

「かわんたろ、いたよ！　飛んできたの！」

「よ、よかったね」

　河童作戦は本当に成功したらしい。しかも大成功だ。頰をリンゴのように染めた萌波は、河童がどうやって現れたのかを事細かに説明してくれた。それを聞きながら、もう一匹いたんだけどな、と法介は力なく笑った。着水するなり〝お魚みたいに泳ぎだした〟河童の姿は自由で楽しげで、萌波の不安を払拭《ふっしょく》するには充分なものだったらしい。たいへん残念なことに、滝壺に落ちた河童のほうはまったく気づかれていなかった。

　ドジッ子な河童仲間がいると訴えても、かえって萌波を不安にさせてしまいそうで指摘もできない。立つ瀬のない法介は肩をすぼめた。

「よかったな。兄ちゃんがついてきてくれたおかげだな」

　建太の言葉に萌波は絵本を抱きしめたまま顔を上げる。いきなり増えた見知らぬ少年を警戒したのか、萌波はささっと法介の後ろに隠れた。

　建太は気にした様子もなく言葉を続ける。

「河童は子どもと相撲をとるのが好きなんだ。だからきっと、兄ちゃんと相撲がとりたくて顔を出したんだよ」

「……そうなの？」

「そうそう。また河童に会いたくなったら兄ちゃんに言うんだぞ」

「うん」

どうやら建太の話を信じたらしい。萌波がこくこくとうなずく。

法介は建太を見てぐっと親指を突き出した。これなら一人で勝手に滝壺に来ることはないだろう。さりげなく法介をフォローしながら安全策をとる、実にスマートなやり方だった。縦渦の恐ろしさが身に染みてわかっているだけに建太の一言はありがたかった。

法介は滝を背景に、河童に会えたとニコニコしている萌波をカメラに収めた。仕事で疲れているだろう父に、いい手土産になるだろう。

「よし、じゃあ帰るか！」

建太が先頭に立って歩き出す。建太が肩にかついだ二つのタライの隙間《すきま》には、剝がしたテープがゴミとして大量に挟まっている。タライを背負い、洗濯板を胸にかかえ、頭に皿をのっけて滝からダイブしたらどんなことになっただろう。頭の皿は早々に脱落し、タライで後頭部を強打、洗濯板でアッパーを食らって水中での気絶、という華麗なるコンボを想像して震え上がった。

「実は、薫くんが河童なのかと思っちゃったんだ。会ったとき、びしょ濡れだったから」

あははっと照れ笑いをすると前を歩いていた薫が真顔で振り返った。冗談のつもりが不快にさせてしまったのか。慌てていると薫の表情がやわらいだ。

「死んだ子どもが河童に見えたって説、覚えてる？」

「え、うん」

「河童が水の中に引きずり込むのは、河童と遊べる人間だけなんだよ」

そうなんだ、と、間の抜けた言葉が零れる。話の本筋が見えない。どう答えていいものか悩んでいるとさらに薫の声が続いた。

「普通の人は河童の姿を見ることさえできない。だって彼らは死者だから。でも、普通の人にも見えるときがあるんだ。それが、彼らとの境界線に限りなく近づいたとき。だから普通の人は、彼らが見えないほうがいい」

「……それって……」

当惑する法介に言い聞かせるように、薫が言葉を繰り返す。

「見えないほうがいいんだ」

普通の人、と、薫は言った。死者が見えないのは普通の人。普通の人は河童の姿が見えないから遊ぶことさえできない。ならば、見える人は？

——水に、引きずり込まれる。

薫の口から発せられた言葉は好意以外のものを含んでいた。川べりに立つずぶ濡れの薫を思い出して法介は愕然《がくぜん》とする。着衣のまま――革靴を履いたまま、川遊びをする人間はまずいないだろう。トラブルでもない限り。

果たしてあのとき、薫の身になにが起こっていたのか。

いつもであれば興味深い事件として飛びつくところだが、法介は手首に残る痣を見て身震いしていた。あんな力で水の中に引きずり込まれたら、人などひとたまりもない。これは明らかに人が踏み込んでいい領分ではない。

そうわかっている。それなのに、体の奥から突き上げるような衝動があった。

「河童って本当にいるの？」

衝動のまま問う法介に、薫はうっすらと微笑み、人差し指をそっと唇に押し当てた。内緒――どこか艶《つや》めくその仕草に、法介はどうしようもなく怖くなる。

「か、河童が僕を助けてくれたのは、薫くんが〝遊んで〟あげたから？」

「――さあ、どうかな。彼らは気まぐれだから」

薫は静かに目を伏せる。

風がそよぐ。水音が近くで聞こえた気がして法介は弾《はじ》かれたように振り返った。

どこまでも深く澄《す》んだ水をたたえる滝壺に、幸いなことに河童の姿は見当たらなかった。

第三章

前夜祭

1

空気が騒がしい。赤姫《あかひめ》祭りが近いせいだ。

三日間おこなわれる祭りは百年以上続いていて、村の男たちは赤姫のために昼夜を問わず歌い踊る。まるで神楽舞《かぐらまい》を奉納《ほうのう》するように。

赤提灯《ちょうちん》を吊《つ》るし屋台が肩を並べるさまは、普通の村祭りとなんら変わらない。

だが、決定的に違う点がある。

祭りにはつきものの〝客〟の姿がないのだ。それどころか、噂《うわさ》を聞きつけてやってくる旅行者を次々と追い払い、車に女や子どもが乗っていようものなら小さなしめ縄を渡し、村から出るように諭《さと》す。

赤姫祭りは、村から人の姿が減っていく祭りだった。

しかも、今年は四年に一度訪れる〝大祭《たいさい》〟——子どもが多く命を落とすと言われる年だ。

誰もが緊張を隠しながら祭りの準備をすすめる。

今年は誰が〝引かれる〟か。

今年は何人が戻ってこられないのか——。

2

「建太《けんた》！　しめ縄取り替えてきな！」

濡《ぬ》れた顔をタオルでごしごしこすっていると母の声が聞こえてきた。タオルを洗濯機に放り込み、洗面所を飛び出した青島《あおしま》建太は、きれいに磨かれた廊下を駆ける。

「昨日替えた！」

「うちのじゃなくてご近所様の。玄関に置いてあるからすぐ行っといで。菊乃《きくの》たちの邪魔になるから家の中走るんじゃないよ。って、建太！　あんたなんで制服着てるの⁉」

開け放たれた障子《しょうじ》の向こう、土間《どま》にいた和装の母が出刃包丁を手に怒鳴る。隣には大きなカバンを手にした妹たちが立っている。菊乃は九月で十三歳、雪乃《ゆきの》は十二月で十歳になる。赤姫祭りのあいだ、二人とも親類の家に行く予定だ。

「昼から出るんだっけ？　気をつけて行ってこいよ。じゃ、いってきまーす！」

建太は妹たちに手をふって玄関に向かう。二人の兄は県外の高校と大学に行っているため、今年家にいる子どもは四月に誕生日を迎えて十六歳になった建太一人である。親には無理に帰ってこなくていいと言われたが、幼なじみに会うため戻ってきた。

「建太ー、制服ー!!」

母の遠吠《とおぼ》えを聞きながら、下駄箱の上に置かれたしめ縄入りのビニール袋を摑《つか》む。運動靴を履いて外に飛び出すと日差しが思った以上に強かった。建太は足早に倉庫へ向かい、脚立をかつぐとそのまま門を出た。建太の家は一丁目で村の南西に位置している。

「法介《ほうすけ》は三丁目の四輪モータースに住んでるんだよな。四輪モータースは宇城《うじょう》家から北へ徒歩十分、叶《かのう》家まではプラス五分で……」

遠い。青島家から徒歩で向かうとなると、四十分はかかる。

「しめ縄持っていくほど近所じゃないんだよなあ」

思案して塀越しに隣家を見る。庭先に洗濯物を干す中年女性の姿があった。

「あら建ちゃん、おはよう。今年もしめ縄替えてくれるの?」

「おはよう、おばちゃん。お邪魔します!」

いたずらっ子だった建太は、風呂敷を手足に縛り付けて電柱から飛び下りたり、かくれんぼでよそ様の家の軒下に入り込んで抜け出せなくなったり、広場に謎の建造物を造ったりと、さんざん周りに迷惑をかけてきた。それゆえ激高した母に、正月と赤姫祭りの二回、迷惑をかけた家のしめ縄を替えるよう言いつけられているのである。

そうしてせっせと取り替えたしめ縄は、後日、まとめて荒霊姫《あらたまひめ》神社に持っていくのだ。

二十五個のしめ縄を替え終えると昼近くになっていた。

「暑……っ!!　喉《のど》渇いたっ」

汗をぬぐって古いしめ縄が入った袋を目の高さまで持ち上げる。そのときちょうど、資材置き場が目に入った。ドラム缶の上に大きな餅《もち》が落ちている。餅がもぞもぞと動いたあと、黒く塗りつぶされた円が現れた。

「日本丸《にほんまる》？　え、なんでこんなところにいるんだ？」

日本丸はモトキの家の猫で、背中に黒いブチのある白猫である。建太はドラム缶の横に脚立を置き、収納ボックスに古いしめ縄を入れてから日本丸を抱き上げた。すると、なんだこのやろうと言わんばかりに前足をつっぱった。

「お前の縄張り広いんだなあ」

日本丸の二重顎《あご》をつつくと、前足で腕をホールドされたあと後ろ足でぽんぽんと蹴《け》ってくる。めげずに喉を撫《な》でつつ北に歩くと、明日の赤姫祭りにそなえ、青島土木の名が入ったトラックが櫓《やぐら》用の木材を村中に運んでいた。すでに祭りはっぴを着た男たちの手で組み上げられた櫓には赤提灯がぶら下がり、道には街灯用の赤提灯が点々と積まれていた。

「今年は俺も参加できるんだよな、十六だし！　一晩中、買い食いできるんだぞ。羨《うらや》ましいだろ。そういえば日本丸、お前は隠れてなくていいのか？」

祭りの前後はなぜだかどの家の犬も犬小屋から出たがらない。猫も家の中に引きこもるのか、完全に姿を消すのだ。しかし、日本丸は呑気《のんき》に資材置き場にいた。

「猫って集会があるんだっけ？　あそこで待ってても、当分誰も来ないぞ」

諭しながら信号を東に折れる。しばらく歩いてさらに北に曲がると、モトキの母であるアンナが叶家の前をせっせと掃いていた。目が合うと、アンナがにっこりと微笑《ほほえ》んだ。

「こんにちは、建太くん。まあ、日本丸！　どこに行ってたの？」

「資材置き場にいたから連れてきたんだ。モトキ、いる？」

「ええ。あ、建太くん、お昼まだ？　そうめん食べる？」

「いただきます！」

日本丸を届けに来ただけだったのにラッキーだ。赤姫祭りの準備でモトキの父は出かけ、妹は親類の家に行き、叶家に残っているのはアンナと祖母と曾祖母《そうそぼ》、そしてモトキの四人——その中に建太と日本丸が乱入する。

「おやまあ建ちゃん、大きくなって。よく来たねえ」

「さすがばあちゃん、三ミリ伸びたのに気づくなんてただ者じゃないな！」

「それ、ばあちゃんが縮んだだけだろ」

ちゃぶ台の上に置かれた大きなガラスの器からそうめんをごっそりとすくいながらモト

キが突っ込む。建太も負けじと麺をさらうと、すかさずアンナがそうめんと氷、薬味を追加する。つるつるの喉ごしのそうめんにはネギが合う。さっぱり刻みショウガに大葉、刻み海苔《のり》と胡麻《ごま》の組み合わせも秀逸だ。賑やかな食事はやっぱり楽しい。下宿先では一人で食事をすることも珍しくなかったから、誰かがいると思うだけで心が躍《おど》る。

「日本丸も食べるか？　うまいぞー」

主のような貫禄でじっと食事風景を見つめていた日本丸は、建太が声をかけるとモトキに頭突きをしてから部屋の隅《すみ》に重ねて置かれていた座布団に飛び乗って毛繕《けづくろ》いをしはじめた。騒がしく食事を終えた二人はモトキの部屋に移動する。十畳もあるのに、勉強机とベッド、それに小さなテーブルがあるだけのシンプルな部屋だ。

「モトキ、弓道はじめたんだって？」

Tシャツを脱ぐモトキに建太はそう声をかける。堅い弓を引くわりに、モトキは相変わらず細身だった。

「破魔矢《はまや》だっけ。魔を祓《はら》う、みたいな」

「期待してたのは弦を弾《はじ》いて邪気を祓う鳴弦《めいげん》のほう。……いくら神様でも、邪気があるなら多少は効くかと思ったんだけどな」

溜息《ためいき》をつくモトキの顔色は、祭りの影響か冴えなかった。開襟《かいきん》シャツと黒のパンツという装いは建太と一緒なのに、襟《えり》とポケットの形が違うせいか、モトキのスタイルがいいせいか、あるいは憂《うれ》いを含む表情のせいか、幼なじみのほうが格好よく見えた。

「ストイック」

「……なんの話だよ」

親指を立てて褒めていると、半眼になったモトキの携帯電話が鳴った。

「将親《まさちか》？　ん……ああ、会ったんだ？　あ……そういえば……わかった、行く」

会話をあっさりと切り上げたモトキは、携帯電話をポケットに突っ込んで「将親が着いたって」と顎をしゃくる。うながされるまま玄関へ行くと、青と水色のストライプのネクタイをきっちり結んだ制服姿の将親と、暑苦しくも学ランを着た法介が立っていた。ここ数日、法介と法介の妹を交えてメンコや虫取り、缶蹴りといった健全な遊びに興じていたためか、いるのが当然という気持ちになっていた。しかし、服装が謎だ。

「なんで冬服？」

「だって、赤姫祭りの前夜祭は――宵宮《よいみや》は制服着ようって言ってたじゃないか！」

宵宮は前祭りだ。神楽殿で祭事があるが、建太にとっては前夜祭程度の認識である。

「言ってた、言ってた。なんで冬服？」

「……勘違いしてました」

汗だくで建太に訴えた法介がぐったりと項垂《うなだ》れる。「でも、モトキと法介が並ぶと夏冬見れてお得だよな」と、言葉を添えると、法介はちょっと疲れたような顔で笑った。

「薫《かおる》は来てないのか？　……さては、寝てるな。寝起きだと機嫌が悪いのに……」

腕時計に視線を落とし、将親が渋い顔になる。電話をかけても出なかったので、日本丸に見送られつつ一丁目の端にある薫の家に向かうことになった。練習中なのだろう調子はずれの祭囃子《ばやし》を耳にすると、自然と足も軽やかになる。

「か、叶の家から薫くんの家までって、村の端から端まで移動する距離じゃない⁉」

「神社はモトキの家がある三丁目だからまた戻るんだぜ。往復一時間以上」

「ええ⁉　それって普通は自転車で移動する距離だよね⁉」

自転車を使うなんて、峠《とうげ》を越えて隣町に行くときか、北に連なる山を越えて海に遊びに行くときくらいだ。嘆《なげ》く法介をなだめながら慣れた道を五十分かけて久々津《くぐつ》家に向かう。

そして建太は、いつものように久々津家のドアベルを連打した。

「……出ない」

電話を鳴らしても、ドアベルを鳴らしても無反応。しかし経験上、薫がいる可能性は限りなく高い。となると、次は強行突破だ。

建太は元気に玄関を開けた。

「祭りだ祭りだー!! 俺、今年から赤姫祭りに参加できるんだぜ！」

いやっほう！ という声とともに建太は玄関で靴を脱ぎ捨て、廊下を駆け抜けて薫の寝室に飛び込んだ。六畳のこぢんまりした部屋の布団に、不機嫌顔の薫がいた。

ずずっと鼻先までタオルケットを引き上げた薫が、何度か瞬《まばた》きしてから建太を睨《にら》んだ。

「……なに」

「うお!? 薫、機嫌悪い!?」

のけぞる建太は、あとからついてきた呆《あき》れ顔のモトキとぶつかった。

「将親が言ってただろ。薫は寝起き悪いって。建太でも勝てない」

体力や運動神経には自信があるが、モトキの言う通り今の薫には勝てる気がしない。

「お前ら、人の家に勝手に上がり込むな！ 薫もだぞ。もう昼だ、さっさと起きろ。それから玄関の鍵くらいちゃんとかけておけ。最近この辺りも物騒なんだからな！」

将親が玄関で叫び、法介はオロオロと外で待っている。建太とモトキをじっと凝視した薫は、複雑な表情のままゆっくりと体を起こした。みんなが制服を着ている意味を、薫はきっと気づいているだろう。

「薫、待ってるから早くこいよ」

モトキの素っ気ない言葉を合図に建太は薫の部屋から離れ、玄関に向かった。きれいに片づけられた家は生活感がなく、見ているとと不安になってくる。ここが薫が生まれ、育ってきた家——今は高校に通うため寮に入っているというのに、なぜ戻ってきたのかと、そう思わずにはいられなかった。

「きれいに掃除してるんだねえ。なんか、他の家と雰囲気が違うね」

法介がデジカメを構えて不思議そうな顔になる。雑草の生い茂る庭にがらんとした家は、一見するだけなら廃墟と大差なく、人が住んでいるようには見えなかったのだろう。

外でしばらく薫を待ったがなかなか出てこない。

「薫？　大丈夫か？」

不安になって声をかけるが返事はなかった。建太が再び廊下に上がると、ぎょっとしたように将親が追ってくる。

「おはよう、お母さん」

聞こえてきた薫の声に、建太は台所の前で足を止めた。着替えているうちに目が覚めたのか、しっかりした口調だ。建太たちに背を向けるようにして立つ薫は、椅子《いす》にぽつんと腰かける女——薫の母を見ていた。彼女はじっと薫を見つめ返してわずかに首を傾ける。ゆるく波打つ髪が青白い頬《ほお》にかかり、細められた瞳が月のない夜のように昏《くら》い。背筋がぞっとした。

「あら、いらっしゃい」

　平坦な声は息子である薫に向けられたものだ。母親はガラス玉のように感情のない瞳で薫を見つめ、なにごともなかったかのように手元の新聞へと視線を落とした。

「……これから出かけるけど、なにか必要なものはある？」

　薫が尋ねるが、母親は答えない。ぴんと張り詰めたような空気の中に足を踏み出した建太は、台所に入る前に将親に首根っこを摑まれて玄関まで引きずられた。抗議する間もなく外まで引っぱられ、靴を鼻先に突きつけられる。

「踏み込みすぎだ」

「だけど、だめだ。薫のお母さん、久しぶりに帰ってきたのに、薫のこと見てない。あれじゃ今までとなにも——」

　モトキが建太の口を両手で塞いだ。咎《とが》めるような眼差《まなざ》しにはっと言葉を呑《の》み込むと、直後に薫がやってきた。薫の家は複雑で、出張中の父親はほとんど家に戻らず、母親は薫のことをわが子だと認識できない。見かければあいさつするが、母親らしいことはなにもせず、食事を含めた世話の一切を放棄していた。何年も通院しているが状況の改善は見られず、薫はいつも独りぼっち。食事は学校で食べる昼食一回きり、制服以外の服を持たず、日用品すら買い与えられない——そんな生活が当たり前だったせいか、薫は自分のことを大切にしようとしない。弱音も吐かず、我が儘《まま》も言ってくれない。

建太はモトキの手を払いのけ、玄関から顔を出した薫にぎゅっとしがみついた。

「お待たせ。……え、なに？　建太、どうしたの？」

薫は笑いながら建太の肩をぽんぽんと叩いた。

3

外に出ると、薫は驚いたように辺りを見回した。

道を飾る赤提灯を目でたどってから、

「すごいね。蜘蛛《くも》の糸みたいだ」

意外な感想を口にした。村中に張り巡らされた蜘蛛の糸――なるほど、そんな風にも見えるのかと建太が空を見上げていると、上着を脱いで腕まくりをした法介がデジカメ片手に大興奮している。

「本当だよね！　僕、赤姫祭りがこんなに大がかりなものだなんて思わなかったよ！」

薫は家のことを言いたがらない。だから将親もモトキも〝普通〟に接するように心がけ、建太は迷いつつも皆に合わせていた。

そんな微妙な空気を、法介は好奇心という最大の武器で蹴散らしてくれる。

「村全体が会場だからな。法介、誕生日いつ？」

建太が尋ねると法介が「六月」と答えた。

「十六歳から赤姫祭りに参加できるんだよね。建太くんは？」

「俺も参加できる。四月生まれだから。あ、七月生まれの将親も参加できるんだよな？

ん？　モトキはどうなるんだっけ」

モトキの誕生日は八月十一日、赤姫祭りの最終日だ。おかげで毎年、誕生日当日に祝ったことがない。だいたい赤姫祭りの前か後にバースデーパーティをすることになる。

「最終日だけ参加できるんじゃないのか？　十六になるんだし」

将親が首をひねりつつ告げる。しかし、途中参加というのは前例がない。祭りの最中に生まれた人間は、用心して参加を見送るのが通例だからだ。

「薫くんは？」

ふむふむとメモを取る法介に訊《き》かれ、薫は首を横にふる。

「僕はだめ。十二月生まれだから」

「そっか、残念。……赤姫祭りって部外者の参加は禁止で、子どもや女性も原則参加禁止なんだよね？　で、十六歳以上の男だけで歌と踊りを奉納する——これって奇祭《きさい》だよね」

法介の手帳にはびっしりと字が書き込まれ、灰色に見えるほどだった。感心していると、ふいに青い水田を風が渡った。赤提灯が大きく左右に揺れる。

「屋台、朝から開いてるところがあるんだって。行ってみるか？」

建太はできるだけ明るい声で提案する。屋台は小中高校が集まる四丁目と、三丁目の荒霊姫神社の駐車場にある。とくに神社付近の屋台は五十をくだらない。パンツのポケットに忍ばせた財布には、この日のためにコツコツ貯めたお金が入っている。

農道を歩いていると、街灯にはしごをかけて提灯コードを引く男たちが手をふってきた。

「気をつけて歩けよ」

「了解！　おっちゃんたちも落ちるなよ」

建太も元気に手を振り返した。

「村の道という道全部に赤提灯が下がるって、すっごい数になるよねえ。櫓だって、広場に一基作るのが普通だと思ってたのに、今見ただけでも三基あったし」

村総出の祭り準備をデジカメに収めていた法介が、おやっというように目を細めた。

「あれ、なにしてるんだろう」

細いしめ縄が、道路を横切るように街灯に取り付けられていた。風に揺れている紙垂《しで》をカメラに収めた法介が顔を上げると、通りがかった車が村人に呼び止められていた。

「赤姫祭りのときは村と村の境界線にしめ縄するのが習わしなんだよ」

建太が説明する。境界線のしめ縄は祭りが終わると取りのぞかれる。それも慣習だ。

「家の玄関にもしめ縄を飾ってるよね」

「そうそう。そんで、なぜか神社にしめ縄がないんだよ、おっかしいだろ。俺、中学のときに普通は逆だって知ってびっくりしたんだよな」

子どものころから遊ぶことに夢中で、将親たちに言われるまでまったく気づかなかったのだ。当時を思い出したのか、将親が軽く肩をすくめた。

「建太はわりとマイペースだよな」

「将親だってマイペースだろ」

将親とモトキが睨み合う。口では反発しているが仲がいいのだ。そんな二人から視線をはずして手帳を見つめ、法介がうーんとうなった。

「ここら辺って神棚のある家もないよね？　僕が居候してる四輪モータースにも神棚がなくて、そういう習わしって聞いたんだけど」

「神棚があると不幸になるって言われてるからな。俺んち、大工だけど神棚ないし」

「神棚に祀《まつ》るのって天照大神《あまてらすおおみかみ》だっけ？　なんか不思議な風習だね。じゃあお正月にお祓いしたり、お札もらったりしないのか。あ、もしかして地鎮祭《じちんさい》もやらなかったりする？」

「希望があればやるって感じ」

「不幸って、たとえばどんな不幸なんだろう」

法介は旺盛《おうせい》な好奇心でペンを走らせる。

「不幸になるっていうのは語弊《ごへい》がある。どっちかっていうなら……幸運がすり減る感じ」

法介は手を止めてモトキを見た。

「それって不幸とどう違うの？　赤姫と関係ある？　赤姫って土着の神様なんだよね？　その赤姫のお祭りに僕も参加していいんだよね？　ああ、楽しみだなあ！」

法介の鼻息がどんどん荒くなる。ペンの走りも絶好調で、書き終えるとパタンと手帳を閉じ、恍惚《こうこつ》の表情で空を仰ぐ。面白いやつだなあ、と、建太は口を開いた。

「祭りでご神体がおがめるんだぜ」

「それってご開帳ってやつ？　祭りのときにしか見られないなら、そ、それって、男しか見ちゃいけない類《たぐい》のものってこと？」

「——法介、鼻息が気持ち悪い」

モトキの目が据わり、法介が慌てる。

「だ、だって、いろいろ想像しちゃうだろ！　叶だって——あ、叶は見られないのか。写真たくさん撮ってきてあげるからいじけちゃだめだよ」

「いじけないよ。全然興味ないから」

モトキにあっさりと返され、法介が「ええっ」と声をあげる。それを見ていた将親が補足するように言葉を添えた。

「夜間は外出禁止の子どもと女性でも、昼間なら多少は出歩けるんだよ。あ、ご神体は本殿に置かれてるから大人の男しか見られないか」

「やっぱりいかがわしいんだー!!」

法介が真っ赤になって悲鳴をあげ、電柱にしがみついた。

「いかがわしいのか⁉」

法介と一緒に逃げ腰になっていると、薫がまったく別の方角を見ていることに気づいた。

三年前に事故があった十字路――薄く開かれた薫の唇がきゅっと引き結ばれる。

あ、と、思った。

なにか見えている。薫の視線のその先に、建太では見ることができないなにかがいる。

「薫」

「ん……大丈夫。祭りの最中は悪さしてこないし、逃げていくのも多いから」

微笑んだ薫はあっさりとそう返して法介を見た。

「法介くん、家の玄関にしめ縄を下げてるよね?」

「え、うん。一応……ご近所さんからもらったやつが」

戸惑いながら返ってきた法介の一言に、薫がほっと息をついた。

「それならいいんだけど……祭りが終わるまではずしちゃだめだよ。あれは家を守るためのものだから」

「わかった。なんか、ここら辺じゃ一年中ぶら下げておくみたいだから、一応わが家もそうしておこうかって話になってる」

「あれは単なるおまじないじゃなくて不可侵であることの目印なんだよ」

「……不可侵？」

「結界であり、神域。古来より連綿《れんめん》と受け継がれた想いが編み上がってできた祈りの形」

薫の言葉を聞きながら法介は再び手帳を開いた。ふんふんとうなずきながらペンを走らせる。歩きながらメモを取るなんて器用な男だ。建太が感心しながら見ていると、ペンをぴたりと止めて顔を上げた法介が、慌てたようにデジカメを構えた。

「さすがお祭り！　まだ五時前なのに浴衣着てる人がいるなんて！」

男はねじりはちまきに祭りはっぴ、黒の腹掛《はらかけ》と股引《ももひき》で足袋《たび》を履いている者が多いが、女や子どもは浴衣姿で下駄を鳴らしながら涼しげに道を歩いていた。手にはうちわと〝祭〟の文字が入ったそろいのナイロン袋を持っている。

「あ、銭湯行こうぜ、銭湯！　今の時間ならまだ込んでないだろうし、銭湯行って屋台に行けば時間的にちょうどいいだろ。そういえば法介、木札《きふだ》持ってきた？」

　両手で木札のサイズを示すと、法介はきょとんとした。

「それって、一昨日《おととい》、役場の人が持ってきたぺらぺらのやつ？　そういえば銭湯無料で入れるって言ってたなあ」

「……もしかして、家？」

「うん、家」

「あちゃー。あれ持って銭湯に行くと浴衣がもらえるんだよ」

　浴衣姿の村人を写していた法介は、えっと声をあげた。

「き、聞いてないけど！」

「毎年やってるからみんな知ってるって思ったんだろうな。まあ、木札はあとからでも大丈夫だろ。とりあえず行ってみて確認をとったらどうだ」

　将親が銭湯がある方角を指さしながら提案する。銭湯の前の赤提灯はすでに明かりがともっていて、中心に書かれた〝ゆ〟の一文字がゆらゆらと風に揺れていた。ナイロン袋を手に浴衣姿でのれんをくぐる人々を見ていると、銭湯にだけ一足先に夜が来たような錯覚に陥《おちい》ってしまう。興奮した建太が走り出すと、

「わあ、こんなところに銭湯があったんだ！」

叫んだ法介もつられて走り出した。古風な造りの銭湯の引き戸を開けてしめ縄の下をくぐり、コンクリート張りの玄関で靴を脱ぎ捨てる。番台には腰の曲がった白髪の老女〝お梅《うめ》ばあさん〟が細い目をいっそう細めて建太たちを出迎えた。

「ばあちゃん、友だちが木札忘れちゃったんだけど浴衣もらえる？　明日持ってくる」

自分の木札を渡すと、お梅ばあさんは快《こころよ》くうなずいた。

「いいよ、いいよ。持っておいで。建ちゃんはいつも元気だねえ」

おうっとうなずいて男湯用の青いのれんをはねのけ、引き戸を開ける。むわっと熱気が押し寄せてきた。目隠し用のついたてを越えた建太は、そこでぴたりと動きを止める。くたびれたすのこが足下に敷きつめられ、棚には緑の籠《かご》がずらりと並ぶ。扇風機がごうごうと音をたてて回り続けるそこは、年代物の体重計と牛乳とコーヒー牛乳の二種類しか売っていない自販機がぽつんと置かれる昔ながらの銭湯である。

ただし一点、異変があった。場違いなほど彫りが深く浅黒い肌の男が黒の股引を穿《は》いて立っているのだ。肩に引っかけたタオルで額《ひたい》の汗をぬぐうと、見事に隆起《りゅうき》した胸筋が滑らかに動いた。上下運動だけで現れる上腕二頭筋の力こぶ、贅肉《ぜいにく》など欠片《かけら》も存在しない引き締まった腹――呆気《あっけ》にとられていると、遅れて将親たちがやってきた。

「どうしたんだ?」

「見ろ、将親! あれがおばちゃんたちのハートを鷲《わし》づかみにしてるエキゾチックマッチョだ! 南国の香りがするって噂の!」

建太に指をさされた男は、きょとんとしながら腹掛をすると祭りはっぴを肩にかけた。

「松葉《まつば》のじいさんが整備工場やめて息子夫婦と同居することになって、みんなで惜しんでたっていうのに、エキゾチックマッチョが来たら手のひら返したんだぜ。やめてくれてありがとうって。松葉のじいさんが地団駄《じだんだ》踏むのはじめて見た」

「どうも。エキゾチックマッチョです」

わりとノリのいい男らしく、さわやかに片手を上げてあいさつしてきた。

「ぼ、僕がお世話になってる四輪モータースの船頭《せんどう》さん」

と、法介が付け加えると、将親が「ああ」と納得したように声をあげる。「そういえば去年の九月に新しい整備士に変わったって聞いたな」と、付け足す。

エキゾチックマッチョは籠の中からナイロン袋を取り出した。中にはぴしっとノリのきいた浴衣が入っている。

「法介、木札持っていかなかっただろ。お前のぶんを銭湯に預けるついでに俺もひとっ風呂浴びてきたんだ。俺の浴衣はお持ち帰りだけどな」

健康的な白い歯を見せてエキゾチックマッチョもとい船頭が笑う。

「あ、夜は屋台ですませるんだよな？　女湯に萌波《もなみ》がいるから、銭湯出たら連れてきてくれ。俺、今日は食事処の手伝いしてるから」

ひらひらと大きく節くれ立った手をふる。

「すごいな、エキゾチックマッチョ。なに食ったらあんなにでかくなれるんだ──羨ましい。身長と体型のバランスが完璧だ。

「船頭さんだってば」

小声で訂正した法介は、エキゾチックマッチョを見送ったあとお梅ばあさんからナイロン袋を受け取り、その中を確認して奇声をあげた。

「ほんとに浴衣が入ってる！　帯も、え、下駄も!?」

村内会費として集められたお金の一部はこうしてお祭りに流用される。とはいえ、浴衣は婦人部が一年かけてこつこつ縫ったもので、下駄はわらじ同好会に頼んで作ってもらっているので、かかっているのは材料費のみである。

「すごいなあ。お祭りって感じだなあ」

感心した法介は、ナイロン袋から中身を出し手帳を開く。そして、脱衣所の隅にあるテーブルに浴衣と帯を並べてデジカメを向け、なぜかそれを薫にも向けた。

「薫くんも一枚撮っておくと新聞記事に花を添える感じでいいと思うんだけど！」

鼻息がやけに荒い。さすがに薫も引いている。

「……ゆ、浴衣姿なら」

ひかえめに薫が提案すると「了解です」と法介が敬礼した。そんな彼らをよそに、建太が服を脱ぎ捨てる。足を踏み出すと将親の腕が伸びてきて、建太の首に絡んできた。

「湯船に飛び込むなよ。小学生じゃないんだからルール守れよ？」

「おうよ！　任せとけって！」

そういえばそうだった、と、われに返る。広いお風呂は久しぶりで興奮しすぎた。すっぱーんと磨《す》りガラスを開けると、湯気が全身を包む。桜《さくら》と富士山《ふじさん》の描かれた風呂にはライオンヘッドの口からちろちろちろと湯が流れていた。

「いやっほう！」

——叫んだときには将親に言われたことが頭からすっ飛んでいた。

4

ギャアギャアと大騒ぎしながら貸し切り状態の銭湯から出る。お梅ばあさんに手伝ってもらい浴衣を着て外へ出ると、熱気を帯びていた風がすっかり冷たくなっていた。

山間の村は、朝の訪れが遅く、夜の訪れは早い。

むろん、実際の時間がずれるわけではない。山が陽光を遮《さえぎ》ることで体感としてズレが生じるのだ。将親たちが外に出たころには辺りはとっぷりと暗く、長く伸びる道は赤提灯で幻想的に照らし出されていた。去年までは赤姫祭りの前夜祭しか参加することができなかったが、今年からは神社で衣装を借りれば三日間みっちりと出られる。たった一年違うだけで大人として認められるのは不思議な気分だった。

将親は浴衣に視線を落とす。紺地に縦縞《たてじま》の落ち着いた柄で、角帯《かくおび》を貝の口に結んである。悪くない、と思った。外見が西洋風のモトキは、藍の生地に細かな波頭《なみがしら》をあしらった浴衣で和洋折衷《わようせっちゅう》。薫は白地に灰色の縞文様とシンプルで、法介は錆浅葱《さびあさぎ》と渋い。逆に建太は、紺地に白抜きされた赤字の〝祭〟が踊る浴衣で、兵児帯《へこおび》をちょうちょ結びにしていて無駄に目を惹《ひ》いた。幼なじみの中では誕生日が一番早いのに子ども扱いになっているらしい。

「やっぱ祭りだよな！」

――しかし本人はいつも通り上機嫌だ。法介と一緒に女湯の脇で萌波を待つ建太の背を何気なく見ていると、

「今年はやばいな」

遅れて男湯から出てきたモトキの声が、虫の音《ね》と祭囃子に交じって将親の耳に届いた。

「ここまで赤姫の気配が濃くなるなんてはじめてだよね」

隣に並ぶ薫の声も硬い。赤提灯の下でもそれとわかるほど、二人の顔はこわばっていた。モトキと薫は、人ではないものを――かつて人であったものを見たり感じたりすることができる。それはときとして、二人を危険にさらすことさえある。

「どうして村に戻ってきたんだ？　大祭なのに」

モトキの声は、薫を責めるような調子だった。一人じゃ不安なくせに、みんなと会えて嬉《うれ》しいくせに、素直に口に出せないのがモトキだ。相変わらず素直じゃない。どうしてこいつはこうもひねくれてるんだと、自分のことを棚に上げて将親は渋面になった。

「戻ってこないと思った？」

質問を質問で返す薫も、たぶんあまり素直ではないだろう。聞き耳をたてていた将親はますます渋面になる。

「……戻ってくるかもしれない、とは、思った」

「大丈夫。赤姫は結界を渡れない。それに、大人たちがいる。心配しなくていいよ」

そこは「俺たちがいる」とでも言っておけ――と、胸中で突っ込んだところで無意識に手が伸びた。

「俺たちがいるだろ」

両腕をモトキと薫の首に回して声をかけてから、将親ははっとした。ガラにもないことを口走ったせいで顔が熱くなる。幼なじみたちが顔を見合わせ、同時に表情をゆるめた。

と、背後で法介の声がした。

「萌波、浴衣着せてもらったんだ？　よかったねえ」

振り返ると萌波が銭湯から出てくるところだった。白地に朝顔の絵柄がいかにも夏めいて、赤い兵児帯が金魚のようにひらひらと揺れる。幼女はやっぱりツインテールだな、と一人ひっそりとうなずいていると、萌波は法介にナイロン袋を渡して浴衣を披露するようにぴょんぴょんと飛び跳ねた。

「可愛《かわ》い？」

「うん。可愛い、可愛い。写真撮っておこうね」

シャッターを切った法介は萌波の背中を軽く叩いた。

「萌波、ごあいさつは？」

とたんにもじもじとしはじめた萌波は、将親を見るなりさっと法介の後ろに隠れてしまう。優しく微笑んだつもりが失敗していたらしい。人知れず落ち込んでいると、法介にうながされてそろりと萌波が顔を出した。

「こんばんは」

頭を下げると再び法介の後ろに隠れた。苦笑しながら法介が「ちゃんとあいさつできたね。えらいねえ」と頭を撫でると、萌波は嬉しそうに飛び跳ねて夜空を指さした。

「お兄ちゃん！　あかいの！　いっぱい！」

「あれは提灯っていうんだよ。走っちゃだめだよ、萌波。下駄なんだから転んじゃうよ」

「うん！」

うなずいた萌波は赤い鼻緒の桐《きり》下駄をカラコロと鳴らしながら赤提灯をたどるように駆け出した。なぜか子どもに怖がられることが多い将親は、今がチャンスとばかりに足を踏み出す。

「俺が行く」

一対一ならコミュニケーションが取れるかもしれない。そう期待をかけてみたが、はっと振り返った萌波は、将親を認めるなり速度を上げた。意外と、どころか、かなり速い。

将親は青くなって小さな背を追いかける。

「おお、ヤバいおっさんみたいだ。将親が変態に見える」

「建太、感心してないで行ってあげて」

建太と薫の声が背後から聞こえてきた――が、今はそれどころではない。手を伸ばしてなんとか萌波の右手を摑むと、下駄とは思えない速度で駆けてきた建太が左手を摑んだ。

「三人でも怪しくないか？」

男二人の真ん中に幼女という絵面がマズイらしい。微笑ましい光景のはずが、モトキまで否定的な言葉を口にしている。

「あ、なにかに似てると思ったら、宇宙人がＦＢＩに連行される写真だ！」

微妙なコメントをつけて法介が呑気にシャッターを切っている。「ああ似てる」「だよねーっ」と、モトキと法介がうなずき合うが、宇宙人連行写真といえば、エイプリルフールのネタだ。一緒にされるなんて失礼なことこのうえない。しかし、苛《いら》ついていると例外なく子どもに逃げられるのでぐっと堪《こら》え、歩くタイミングに合わせて建太と一緒に萌波を持ち上げた。それを何度か繰り返すうちに萌波の体から緊張が取れた。

祭りがはじまるのは日付が変わると同時だが、公園に作られた櫓では、すでに男たちが酒を酌《く》み交わしていた。どこからか横笛の音が途切れ途切れに聞こえてくる。

「おまつりだね！」

目をキラキラと輝かせる萌波に、将親が神妙な顔でうなずく。

「これから屋台に行くんだ」

「うまいもん、いっぱい食えるぞー。萌波はなにが食べたい？　やっぱクレープだよな！

俺と一緒に妙なものを食わせるな」

「幼女に妙なものを食わせるな」

納豆に熱を加えたら相当ににおう。当人どころか周りまで巻き込む災害である。

「なんでだよー。すっげーうまいかもしれないじゃないか」

将親と建太が同時に腕を持ち上げると、萌波の体がふわりと浮き上がる。きゃっきゃと喜ぶ萌波になごみつつあぜ道を行くと、荒霊姫神社が近づくにつれ、はっぴの男たちと浴衣の女や子どもの姿が多くなった。それを見て萌波のテンションがさらに上がった。

荒霊姫神社の駐車場には何列にも渡って屋台が並んでいた。人が多い理由は、ずらりと並ぶ屋台と、境内に立つ村で一番大きな櫓を目当てにしている人が集まるためだろう。

「お、今年も来たか、坊主ども！　今年は祭りに出られるんだっけ？　上ではっぴ一式もらえるからあとで行くといいぞ」

「あれ？　おっちゃん一人なの？　宵宮のときは、きれいなお姉さんと一緒に店の準備するんじゃなかったっけ？」

毎年やってくる顔見知りの露店商に声をかけられ、建太が目を丸くする。

「用心だよ、用心。今年は大祭だろ。腹の子が引かれたんじゃたまんねえって、嫁は実家においてきたんだよ。俺もようやくパパだぜー。稼がせてくれよ、大将！」

欠けた歯を見せて笑った。

「大祭かあ。普段の赤姫祭りも三日三晩騒ぐっていう異例のお祭りなのに、四年に一度の大祭はいつも以上にどんちゃん騒ぎになるんだよね？　楽しみだなあ」

屋台を眺めながら法介が声を弾ませる。赤提灯と裸電球で彩られた屋台は、集まってくる人々ですっかり賑わっていた。あと一時間もすればさらに人でごった返すだろう。

「昼間はわりと適当に踊ってるみたいだけどな。録音した祭囃子流して」

フランクフルトを買いに行っていた建太が答える。もう一方の手にはすでにたこ焼きが持たれていた。さっと手を伸ばして一つ奪うと、将親はそれを萌波に差し出した。顔を輝かせた少女は少しだけ躊躇《ためら》うような仕草をしたあと、堪えきれずにぱくんと食べた。小さな足に履かれた下駄が、喜びを伝えるように石畳を打った。

「え、じゃあ夜がメイン？　でもなんで大祭って四年に一度なんだろうね」

「……なんでって……将親、なんでだ？」

建太の手からたこ焼きを奪いながらモトキが将親を見る。

「俺も詳しくは知らない」

「地主のくせに」

突っかかってくるモトキに将親がムッとする。

「わが家が預かってるのは祭りの道具だけだ」

「音頭とってるのはお前の父親だろ」

音頭をとり、神楽殿での祭事にも出ている。父が赤姫祭りのことをいろいろ調べていた時期もあった。しかし、興味のなかった将親は、父の話を聞き流していた。なんと言っていたか思い出そうと押し黙っていると、薫がひっそりと首をかしげる姿が視界に飛び込んできた。

「四年に一回、空気が密になるんだ。その影響か、荒霊村に幽霊の類がいなくなる。原因まではわからないけど」

「ふーん。薫でもわかんないのか。……そういえば、モトキって一回赤姫に引かれたことがあったよな。あれも大祭のときじゃなかったっけ？　なんか覚えてる？」

建太はいつも通りあっけらかんと問う。良くも悪くもマイペースな幼なじみの形のいい後頭部を将親が軽くはたいた。直後、建太はキッと将親を睨んだ。

「なんだよ！」

叫んだ建太は、うつむくモトキを見て口を閉じる。その隣で、詳細を聞きたくてたまらないらしい法介がペンをぶるぶる震わせていた。

将親の目の前で、建太と法介が違う意味で震えている。実にやりづらい。

「……四年に一度の大祭のとき〝引き〟が強くなる。それだけは確かかな」

複雑な表情で薫が結論を告げると、渡りに船と思ったのか、法介が鼻息荒くそれに食いつく。モトキの話では、法介はジャーナリスト志望らしい。

「〝引き〟って表現がそもそも謎なんだよね。大祭のあいだ女の人や子どもは外に出るなって聞いて、鉄火場《てっかば》ができるかと思ったらそうじゃない。赤姫に扮した女性が扇情《せんじょう》的に踊るのかと思えばそれも違う」

なるほど、外の人間の発想だ。大人の男しか参加できないというきまりを、大人の遊びと解釈したらしい。

「違うよ。普通のお祭り。いかがわしいことは一切なし」

薫の言葉にがっくりと法介の肩が落ちた。その間にも、気を取り直した建太が、フライドポテト、大判焼きと買い求めては萌波に差し出している。負けじと将親も、チョコレートスプレーでカラフルに飾ったチョコバナナを買って萌波に押しつけた。

「萌波、お礼ちゃんと言うんだよ。……うーん、やっぱりお祭りのことは調査通りか。赤姫祭りの最中は外出禁止っていうのも話通り？　三日間って長くない？」

「本当に危険なのは夜間だよ。引かれた子どもは戻ってこないんだ」

「……戻ってこないとどうなるの？」

軽快に走っていたペンが止まる。そろりと顔を上げた法介が薫を見た。

戻ってこなかったらどうなるか。答えは簡単だ。

目を閉じると鮮やかによみがえる光景がある。

紙のように白い肌の子どもの姿――その子どもは動くことも、しゃべることも、笑うこともない。ただそこに横たわり続ける。傷一つない生前の姿のまま。

「引かれたあとは、骸《むくろ》だけが残される」

闇《やみ》に溶けるような低い薫の声に、法介ははっと息を呑む。

「赤姫祭りのときは外出が禁じられ、禁を破った者は赤姫に〝引かれ〟て命を落とす」

「あ、赤姫って……」

こくりと法介の喉が鳴る。レンズ越しの眼差しを受け止めて薫は言葉を継いだ。

「神様のふりをした怪異《バケモノ》だよ」

5

薫の背後にぬっと人影が現れた。節くれ立った手が、勢いよく薫の背を叩く。

「神様をバケモノなんて言うもんじゃないぞ、薫。赤姫様は子どもの守り神だ」

前のめりになった薫の背後に立っていたのは、すっきりとした顎のラインとまばらに生えた無精髭《ぶしょうひげ》、鋭い眼光が印象的な男――モトキの父、叶醍醐《だいご》だ。写真片手に旅行していた青い目の娘のハートを見事射止めた荒霊村の変わり種は、ねじりはちまきに祭りはっぴと、すっかり赤姫祭り本番の服装である。

「モトキ、暇なら手伝え」

「暇じゃない」

きっぱりと答えてモトキがぷいと横を向く。強引に家業を継がせようとする父と、それに反発する息子――叶家は、どうやら今もぎすぎすしているらしい。

不機嫌顔で立ち去るモトキに肩をすくめた醍醐は、「楽しんでいけよ」と軽く手を上げ、屋台の奥から聞こえる呼び声に応《こた》えて去っていった。

「赤姫祭りがはじまるのって真夜中の零時だよね？　日付が変わると同時にはじまって、三日後、日付が変わると同時に終わるって……やっぱり変わったお祭りだよね」

手帳をぺらぺらとめくって法介が溜息をつく。建太は器用に人の波をかいくぐり、さきに行くモトキを追いかけた。相変わらず見事なフットワークだ。

「俺、親子がああやってぶつかるのは大事だと思う。腹に溜め込んでたら伝わらないから、嫌なことは嫌ってはっきり言えるのはいいことだ。でもそれは、嬉しいことや楽しいことを、ちゃんと伝えてからすべきことだぞ」

「なん――むぐっ」

開いたモトキの口に、建太はすかさずフランクフルトを突っ込んだ。目を白黒させたモトキは、すぐにフランクフルトを食いちぎってもごもごと咀嚼《そしやく》し飲み込んだ。

「あとさ、腹減ってるときは喧嘩《けんか》するタイミングじゃないぞ。余計にイライラする」

「腹なんて――むぐっ」

今度は焼きそばが突っ込まれた。モトキは再び口をもごもごさせた。律儀なことに、ちゃんと食べている。

「おい、建太――むぐっ」

三度目。今度は、屋台の店頭に並んでいたたこ焼きを掴み、その一つを無造作に突っ込んできた。モトキが手で口を押さえ、はふはふと熱い息を吐き出している。建太はポケットからお金を掴み出すと、ぽかんとする店番の男に差し出した。

「おっちゃん、これたこ焼きの代金。あ、醤油《しようゆ》味もあった。モトキ、醤油も食べる?」

「俺は食べたいなんて言ってない!」

嚥下《えんか》してから文句を言う。この時点ですっかり建太のペースに巻き込まれていることに、モトキもうすうす気づいているだろう。

「あ、あっちにクレープ屋がある。納豆ないかな、納豆。モトキはなににする？　イチゴ？　マンゴー？　あ、珍しい。夏柑《なつかん》だって」

　ちらりとクレープ屋を見て、モトキはぽそりと口を開く。

「……さきにお好み焼きが食べたい。それから、飲み物」

「了解」

　人込みをすいすいと避けながら建太が歩き出す。モトキが表情をゆるめながら建太のあとを追う姿をカメラに収めた法介は、感心したように溜息をついた。

「鮮やかな手並みだねえ。叶が笑ってるの、はじめて見るかも」

「高校じゃ笑わないの？」

　薫の問いに法介は少しだけ困った顔になった。

「いつもだいたい不機嫌顔。それでも女子にはモテモテなんだけど、なんていうか、近寄りがたい雰囲気っていうのがあるんだ」

　そう語りつつも法介はモトキのそばにいる。気むずかしいやつだが、それを理解し受け入れる人間がいるということに将親はほっとする。

「おーい、トウモロコシ食べるかー？　超おいしそうだぞーっ」

　建太の声がする。人が増えはじめた屋台で彼の姿を捜すのは難しく、かろうじて大きくふられた手だけが、キノコのように並ぶ頭頂から覗《のぞ》いていた。

「三日間、ずっと屋台ですます気じゃないだろうな」

将親が呆《あき》れ顔になる。コンプレッサーの音に交じってここでも祭囃子が聞こえてきた。先刻聞いた祭囃子よりテンポが少し速い。耳を傾けていた将親は、薫がじっと石階段の上――境内を見つめていることに気づいた。

「どうしたんだ？」

「ん……なんでもない。近づかなければ大丈夫だから」

答える薫の声から緊張が伝わってくる。こういうとき、本当に歯がゆい。変調に気づけない将親は、ただそばにいることしかできない。押し黙っているとさきを行く建太とモトキが足を止めて将親たちを手招いた。

「あそこにエキゾチックマッチョがいる」

テントの下にテーブルと椅子を並べた簡易の食事処ができあがっていて、奥にはタオルを頭に巻いた船頭が豪快に焼きそばを作っていた。おでんやラーメンも売っているのに、船頭の前だけ長蛇《ちょうだ》の列ができている。しかも、並んでいるのは全員女だ。

「せ、船頭さん、相変わらずすごいな」

おおう、と、声をあげて法介がよろめいている。きらっきらの笑顔で接客している船頭の商売魂《だましい》は見事なもので、船頭にカメラを向けている女も多い。

船頭が法介に気づいたらしい。とびきりの笑顔で手をふってきた。

「あれじゃまるで芸能人の記者会見だな」

フラッシュで目がくらみそうだ。普段なら目立つモトキと薫も、船頭のおかげですっかりかすんでいた。将親たちは売り場から一番離れたテーブルに腰かけて足下にナイロン袋を置いた。日はとっぷりと暮れ、時刻は十九時半。屋台の賑わいもまだまだこれからだ。

「ちょっと写真撮ってくる。萌波、いい子で待ってるんだよ」

鼻息荒く人込みに飛び込んだ法介は、浴衣姿の女性にぶつかりかけては立ち止まり、ふらふらと視界から消えた。萌波は建太と将親が代わる代わる買ってきた屋台料理にすっかりご機嫌で、法介が見えなくなっても三色綿飴《わたあめ》をぶんぶんとふっていた。次はリンゴ飴だな、と、将親があたりをつけていると、「五日くらい前、赤姫を見かけたんだ」と、モトキの声が聞こえてきた。五日前といえば、将親が荒霊村に帰ってきた日——裏山で自殺未遂の女性が保護された日だ。

「あのとき見たのは生き霊じゃなかったか？　自殺未遂した女の」

とろとろの目玉焼きにかぶりつく萌波を気にして将親が小声で指摘すると、モトキは顔をしかめた。

「彼女とは別。他に赤い着物の女もいたんだ。今思うと、赤姫に彼女が倒れているところまで誘導されてたんじゃないかって……」

将親が知るのは生き霊の話だけだ。それも、法介が熱心に尋ねてようやく白状したのである。まさかそのとき赤姫にも会っていただなんて思いもしなかった。

「その後、自殺未遂をした彼女は？」

「お腹《なか》の子どもも無事で今は落ち着いてるって連絡あった。今度改めてお礼したいって」

どうやらモトキは、赤姫に会ったことを不吉の前兆と考え、ずっと胸の内にとどめていたらしい。意図はわかる。話してしまえば他人を巻き込むのではないか、よくないことが起こるのではないか、そう警戒したに違いない。だが、大きなお世話だ。そばにいるのに今まで相談一つしてこなかったモトキに苛々しながら立ち上がった将親は、苺《いちご》たっぷりのクレープを買ってモトキの鼻先に突きつけた。

「食え」

戸惑うモトキの手に強引に握らせて椅子に腰かけると、薫がくすくすと笑った。

「甘いものも確かに有効だけど、慰めたいなら言葉も添えないと」

「建太に押しつけられたもの以外は食べてないから買ってやったんだ。誰が男なんて慰めるか」

そう言い放った将親は、腕を組んでそっぽを向く。すると建太が腰を上げてモトキの頭をわしわしと撫でた。

「心配すんな。俺と将親は、もし取り憑《つ》かれても普通に暮らせるくらい鈍感だから！」

全然慰めになってないうえに自虐《じぎゃく》的な言葉を吐いて建太がニパッと笑う。確かに建太ならまったく支障なく暮らしそうだ。風邪をひいて高熱を出したときも外で遊び回り、両親を呆れさせ、クリニックの先生を絶叫させた強者《つわもの》である。

香ばしく焼けた熱々の鮎《あゆ》の塩焼き、甘辛いタレで食欲を誘うイカ焼き、定番のかき氷、肉汁あふれる唐揚げと、誰かが席を立つたびに屋台料理が増えていく。将親が五人分の飲み物を買って戻ってくると、ようやく法介が帰ってきた。

「見て見て！　写真撮ってきた！」

闇夜に映える赤提灯、その下で楽しげに笑う人々。いつの間にか洋服より浴衣の割合が多くなり、ナイロン袋を持った人間の割合も多くなっていた。ずらりと肩を並べる屋台はどこも客でごった返し、村中の人がここに集まったかのような盛況ぶりだ。女子供も多く、将親の知った顔もちらほらとある。ただ闇雲にカメラを構えるのではなく、ときに奥に焦点を合わせ手前のものをぼかしたり、斜めに写したりと変化があって面白い。

ぴっと一枚画像を送ったとき――。

背筋がぞくりとした。

「境内にはじめて入ったんだけど、本当にしめ縄がないんだね。本殿見ようと思ったら、女の人や子どもは拝殿《はいでん》の奥に行っちゃだめって止められて、十六歳だって伝えたら生徒手帳見せろって言われちゃったよ。持ってなくて、証明するの大変だった」

荒霊姫神社は幣殿《へいでん》がなく、拝殿と本殿が直接繋《つな》がっていて普段は御簾《みす》で仕切られている。写真には、木の風合いをそのまま生かした、こぢんまりとした拝殿が収められていた。梁《はり》からぶら下がった真鍮《しんちゅう》の吊るし灯籠《とうろう》に火が入り、辺りを幻想的に照らしている。

一見するだけならごくごく普通の写真だ。

それなのに――それにもかかわらず、御簾の奥の本殿は、闇色に染まっていた。

「法介くん、これなに？」

薫がデジカメを法介に向ける。すると彼は「おや？」と首をひねった。

「ご神体を撮ったつもりだけど……フラッシュ使って写したのにどうしてこんなに真っ黒なんだろう。あ、フラッシュは、使う前に神職の人に訊いて、少しなら大丈夫ですよって言ってもらえて……でも、真っ黒だね。変だなあ」

法介が写真を何枚か送る。だが、そこからしばらくは黒い画像ばかりが続いた。

「ご神体を見ることはできたの？」

いつになく硬い声で薫が尋ねると、法介はあっさりとうなずいた。

「うん。童人形《わらべにんぎょう》……女の子だから市松人形《いちまつにんぎょう》っていうのかな。黒髪のおかっぱで、ほっぺたがぷっくりしてて黒目がくりっと大きいやつ。――でも、変なんだ」

ふっと法介が首をかしげた。

「その人形、真っ赤なんだ。髪飾りも、着物も、帯も、全部真っ赤。血の色みたいに――」

6

ご神体が日本人形だということは、知識として知っている。

だが、将親は実際に見たことがない。ご神体を写真に撮る者はいなかったからだ。蔵に安置されているからいずれは将親が引き継ぐことになるが、一時期は熱心に赤姫のことを調べていた父も、「大切に扱うこと」と語るだけだった。

「おっかしいなあ。壊れちゃったのかなあ」

綿飴にかじりつく萌波にデジカメのレンズを向けた法介は、撮ったばかりの写真を確認して首をかしげた。実に可愛らしく、ニコニコと笑う幼女が撮れている。

「カメラは壊れてないみたい。……って、叶、どうかしたの？　真っ青だけど」

「……なんでもない」

青ざめたモトキはそれだけ言うと目を伏せた。法介は救護室に行くようすすめたが、モトキはやっぱり「なんでもない」とだけ返した。まったくもって素直じゃない。無理やり連れていこうと腰を浮かせたとき、萌波がぴょこんと椅子から下りた。

いきなり通路に飛び出した萌波を見て、屋台料理をつまんでいた法介がぎょっとする。

「萌波、どうしたの？」

「お友だちが呼んでるの」

萌波は人込みを指さしてそう告げ、カラコロと歩き出した。

「え、お友だちって……ほら、もう八時過ぎてるよ。九時になったら寝る約束だろ……って、ちょっと待って、萌波！　ストップ！」

法介が手を伸ばすも、押し寄せる人波に弾かれてしまう。小さな体は瞬《また》く間に見えなくなり、呆気にとられた法介は慌てて人込みをかき分けた。

「ごめん、ちょっと連れ戻してくる！」

「俺も行く！」

がつがつと焼きそばを掻《か》き込んでいた建太は、たこ焼きを一つ口に押し込むなり立ち上がった。建太がいれば問題ないと思ったが、用心のため将親も立ち上がった。

「俺も行ってくる」

モトキと薫を食事処に残し通路に出る。屋台料理に舌鼓《したつづみ》を打つ人も多いが、金魚すくいや射的といった昔ながらの屋台を取り囲む一群もいて、なかなか前に進めない。

「友だちが呼んでるって、この状況でか……!?」

萌波の友だちなら幼女に違いない。こんなところで目を離すなんて、親は一体なにをしているんだ――と、苛々しつつ、将親はひとまず総合案内所と書かれたテントに向かった。萌波が来たら携帯電話に連絡を入れるように頼み、再び人でごった返す通路に出る。

人波をかいくぐりながらしばらく萌波を捜すが、どうしても見つからない。

将親は舌打ちとともに帯に挟んであった携帯電話を引き抜いた。二十二時三十五分。体感では十五分程度だと思っていたのに二時間も歩いていたようだ。慌てて建太に電話をかけるが話し中で繋がらず、モトキと薫の二人にも電話をかける。だが二人とも繋がらない。

将親は携帯電話を帯に挟み直し人々のあいだを縫うように走り出した。屋台にいるのは大半がはっぴ姿の男たちで、萌波を捜しはじめたころと客層がガラリと変わっていた。

食事処は駐車場の左奥にあった。境内に向かって走り、西に折れる。だが、なぜか食事処に着かない。にじむ汗をぬぐいながら顔を上げると境内から離れている。混乱して立ち止まり、将親は再び走った。

食事処にたどり着いたのは二十三時を回ってからだった。

「やっと着いた。なんなんだ……っ」

モトキと薫が驚いたように汗だくの将親を見た。二人の視線を受けながら、氷が溶けて薄くなった烏龍茶《ウーロン》を薫の手からひったくり、一気飲みした。

「悪い。気づいたらこんな時間で、電話も話し中で……建太たちは？　まだ戻ってきてないのか？」

きょろきょろと辺りを見回した将親は、モトキの手にする携帯電話に自分の名前が表示されているのに気づいて顔をしかめた。スピーカーからは通話中の音が繰り返されている。それなのに、将親の携帯電話には誰からも着信はなかった。

「はじまってるんだ」

薫の声が震えた。

「――もう、はじまってるんだ」

薫は自身の細い肩をぎゅっと抱きしめた。

「大祭が」

第四章

赤姫祭り

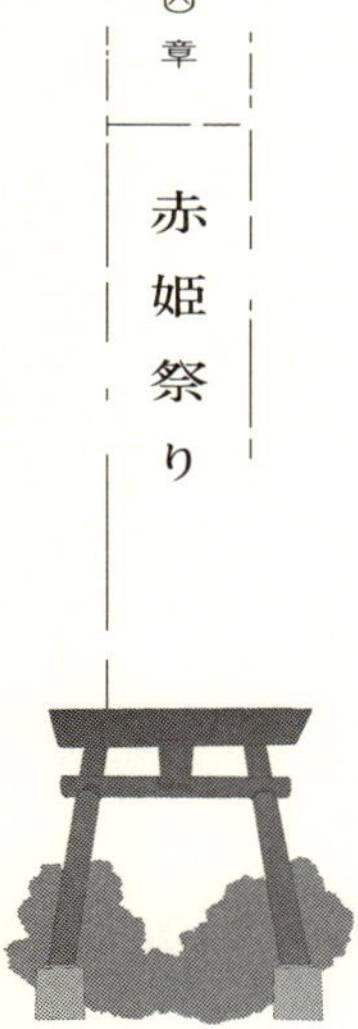

1

どおんっと太鼓《たいこ》の音が響いた。

祭囃子《ばやし》が遠く空気にほどけ、風に嬲《なぶ》られた木々が、ささやき合うように互いに身をこすり合わせる。

「――だって、いつもは日付が変わると同時に祭りがスタートして……」

立ち上がって抗議するモトキの手から携帯電話が滑り落ち、石畳の上で小さく跳ねた。

薫《かおる》は首をふって口を開く。

「それは人間が決めた祭り開始の時間だよ」

赤姫《あかひめ》祭りのときだけ子どもが引かれて死ぬのなら、なんらかの基準が存在するのは間違いない。祭りが深夜零時からはじまるのは古くからの習わしで、薫も当然のようにそれに従っていた。だが、時間の認識が人と怪異で異なっている可能性がある。

どっと汗が噴き出した。とっさに境内を見上げるが、階段の途中から深い闇《やみ》に包まれてその先はうかがえなかった。祭りはっぴを着た男たちが闇を出入りしていることから危険はないと判断できるのだが、普段は感じることのない重苦しい気配が強くなっていた。

祭囃子が一段と大きくなる。

動揺しながら身をかがめてモトキの携帯電話に手を伸ばすと、もう一台、まったく同じ型の携帯電話が石畳に落ちた。懐《ふところ》が軽くなり、落ちたのが自分の携帯電話だと気づく。薫が使いやすいと手放しで褒めたことがあったから、モトキも同じ機種にしたのだろう。ストラップ一つついていない携帯電話に、お互いの性格がよく表れていた。

「将親《まさちか》、建太《けんた》たちと一緒じゃなかったの？」

「会えなかったんだ。ずっと捜してたんだが……」

モトキに携帯電話を返した薫は、困惑した将親の言葉に自分の携帯電話を開く。電話をかけようとしたそのとき。

「お食事処発見！　よかった、やっと着いたー!!」

男たちのあいだをすり抜けるようにして汗をびっしょりかいた建太が姿を見せた。手に下駄を持ち、なぜかわらじを履いている。建太の後ろには法介《ほうすけ》もいた。同じようにわらじを履き、下駄を手にしている。

薫が安堵《あんど》とともに携帯電話を閉じて懐に戻すと、モトキと将親も胸を撫《な》で下ろした。

「遅いぞ」

モトキが声をかける。なにごともなかったようで、法介が照れ笑いを返してきた。

「ごめんね、遅くなっちゃって。なんか道に迷ったみたいで——下駄が歩きづらくて途中でわらじまで買っちゃった」

法介の言葉に薫は違和感を覚えた。村の中で神社は一つ。縁日は二カ所に分かれて開かれているが、建太が一緒で迷うというのは考えられない。

なによりも。

「——法介くん、萌波《もなみ》ちゃんは？」

薫の問いに、法介はことりと首をかしげた。まるで、なにを尋ねられているのかわからないといった様子で。

「さきに来たでしょ？　遠くから萌波がただいまーって言ったのを見て、薫くんたちも手をふってくれたじゃないか」

法介の言葉に薫は顔をしかめた。萌波を追いかけて法介たちが食事処から離れたあと、薫とモトキは真っ黒に染まる境内を警戒しながら四人の帰りを待った。時間認識がおかしいと気づいたのは時計を見たとき。いつの間にか三時間も経過していたのだ。皆の携帯電話を鳴らすも繋《つな》がらず、捜しに行こうと話し合っていたときに将親が戻ってきた。

そしてその直後、建太と法介がやってきたのだ。

萌波は見ていない。むろん、手もふっていない。

薫はぎゅっと拳《こぶし》を握る。異変を察したモトキと将親も言葉をなくしていた。そんな中、法介の楽しげな言葉だけが続いた。

「萌波、友だちができたんだって。今年は大祭《たいさい》だから村を離れちゃう人が多いのに珍しく村に残ってたみたいで……どこの子だったのかな。途中ではぐれちゃったんだけど」

「――どんな子?」

「黒髪の、今どき珍しい古風な感じの子だよ。あ、ちょっと待ってね」

首からデジカメをはずした法介は、保存したデータを確認しながら微笑《ほほえ》んだ。

「そういえばその子変わってててね、赤い着物を着てたんだ。浴衣じゃなくて着物。赤い帯をしめて、帯締めも赤。髪飾りも赤で……ん?　変だな……それってまるで……」

楽しげに語っていた法介はみるみる顔色を失う。手からデジカメが滑り、テーブルの上に落ちた。デジカメには萌波が写っていた。手を引かれるように画面奥に突き出された萌波の右腕が真っ黒に染まっている。

嬉《うれ》しそうに微笑む萌波が指さす方角――そこには、暗くよどんだ森が広がっていた。

2

法介は慌ててデジカメを拾い上げた。

「え、あれ？　森なんて入ってないのに、なんでこんな写真が……」

そう語る法介の指先は泥で汚れていた。赤提灯《ちょうちん》や店が用意した明かりではわかりづらいが、髪には葉っぱもついていた。近くで見れば足までも、相当な距離を歩いてきたのだとわかるほど汚れている。一緒にいる建太も薄汚れ、法介を見てようやく異常に気づいたらしく、自分の格好を見てぎょっとした。

「俺たち、萌波を見つけたあと萌波の友だちって女の子に会って、帰る途中で迷って……あそこどこだっけ？」

「――建太、その女の子、本当に人間だった？」

薫が確認すると建太は怪訝《けげん》な顔をした。

「当たり前だろ」

建太は力強くうなずいた。人のふりをしてまったく違和感のない存在――その特異性にぞっとする。今、間違いなく赤姫が動いている。そして、おそらくは。

親だった。

「萌波は？　ちゃんとここに来たよね？」

不安げな法介に尋ねられ、薫は押し黙る。モトキは青ざめ、ようやく口を開いたのは将
「萌波は来てない。俺たちには見えなかった」

「そんな……そんなはずないでしょ。やめてよ、こんなときにそんな冗談」

動揺を誤魔化すように法介は引きつった顔で笑った。

「もう遅いし帰らなきゃ……萌波！　出ておいで。お家《うち》に帰るよ。萌波！」

がやがやと騒がしい中、法介の声が響いた。ほろ酔い加減で笑い合う大人たちが、なにごとかと酒を酌《く》み交わす手を止めた。食事処の奥から、エキゾチックマッチョと評された船頭《せんどう》が、驚いたように飛んできた。

「どうした、法介。萌波になにかあったのか？」

「――赤姫祭りがはじまってるみたいです」

かぶせるように告げた薫の一言に、船頭は形のいい眉をひそめ、酒を酌み交わしていた男たちがコップをぐいっとあおって立ち上がった。彼らの表情は真剣そのものだった。

「祭りだ！　大太鼓用意しろ！　今年は大祭だ、気ぃ抜くんじゃねーぞ！」

どこからともなく聞こえてきた合図に、おお、と男たちが呼応して赤いはっぴを羽織《はお》り、

〝祭〟の文字を背負って屋台から離れていく。

「坊主どもはいくつだ？　十六以上なら祭りに参加しろ。境内に行けば衣装がある。足袋《たび》は宮司《ぐうじ》に言えば出してもらえる。十五なら巻き込まれないように息をひそめて家に帰れ。今年はどうやら、いつもの年と勝手が違うらしい」

顎《あご》の角張った、ひときわ立派な体軀《たいく》の男が薫たちに声をかける。祭り頭《がしら》の紅林《くればやし》だ。

法介が紅林に詰め寄った。

「待ってください。妹がいないんです。この辺りにいるはずなのに、どこにも――」

「赤姫に引かれたんだ。夜に引かれたら、帰ってこられない」

紅林が沈痛な面持ちで法介の肩を叩いた。一瞬、なにを言われたのかわからないと言わんばかりに法介がぽかんと口を開けた。

「帰ってこられないって……なにを、言ってるんですか？」

「運が悪かったんだ」

「さ、捜すのを手伝ってください。祭りなんてしてないで……」

「神様に連れていかれたんだ。祭りが終わるまで出てこない。これは決まりなんだ」

紅林は法介の肩をもう一度叩いて大股で遠ざかっていった。船頭がその背を慌てて追いかける。必死で言いつのる船頭の顔がどんどん困惑していくのが遠目からもわかった。子どもを捜すより祭りを優先する人々――困惑するのも当然だ。

普通であれば。

過去にこの村で起こった〝怪異〟を知らないのであれば。

言い合う船頭たちを尻目に、薫たちは萌波がどこかに隠れていないかと屋台を見て回った。しかし、見つからない。萌波を見かけたという人もいるが、どうにも記憶が曖昧《あいまい》で「途中でいなくなった」と首をひねるのだ。

やはり、という思いが薫の中に後悔とともに広がった。異変を感じたとき、零時という区切りなどつけずに帰るべきだった。

「子どもより祭りって、意味がわからないんだが」

食事処に戻ると、怒りを通り越して茫然《ぼうぜん》としながら船頭が交渉を切り上げたところだった。船頭は腹掛に手を突っ込むと携帯電話を取り出し、何度か操作したあと舌打ちした。

「なんで電話が通じないんだよ……法介、お前はいったん家に帰れ。もしかしたら萌波がさきに帰ってるかもしれない。もし帰ってなかったら、祥吾《しょうご》にはできるだけ穏便に伝えろよ。あいつ、子どものことになるとパニックになるからな」

「船頭さんは？」

「俺は協力してくれそうなやつ集めて萌波を捜す。一時間くらいしたらいったん家に戻るから、お前は祥吾と一緒に家で待ってろ。みんなも家に帰るんだ。わかったな」

船頭が簡潔に指示を出す。ガタガタ震えていた法介は、力強い言葉に励まされ、なんとか笑みを浮かべてうなずいた。

屋台が並ぶ駐車場から出ると祭りの異様さがいっそう際立った。どおんっと腹に響くような音が空気を震わせると、一瞬、辺りが水を打ったかのように静まり返った。波が引くように屋台から客の姿が消える。村中の男たちが、あらゆる場所に設置された櫓《やぐら》にちりぢりに向かっているらしい。赤いはっぴの背には黒く染められた〝祭〟の文字。ひるがえった裏地は闇を思わせ、黒の腹掛と股引が目を引いた。

どおんっと再びもう一つ、太鼓の音が空気を揺らした。それを合図に横笛の軽やかな音と囃子太鼓の音が響き渡った。

赤いはっぴで一面を染め、赤いうちわをひるがえし赤提灯の下で踊るさま――それはまるで、炎が舞っているかのようだった。

焦げたにおいが鼻腔《びこう》をかすめ、薫はぞっとした。

なにか今、繋がっている気がする。人と人ならざるものが棲《す》む境界線が、異様なほど近くにあるような気がする。手を伸ばせば届くほどの距離に。

この〝赤〟の中に。

「おお、サブイボやばい。モトキ、大丈夫か？　これ本気でまずいぞ。赤姫に引かれる」

うめいた建太がモトキの手を摑《つか》んだ。さすがに山で鍛えた野生児なだけある。小さな体でぐいぐいとモトキを引っぱっていってくれる。

南に歩くと櫓ごとに奇妙な踊りが繰り広げられ、その影は赤提灯に照らされて長く尾を引き、不気味に揺れていた。

「――虫の音《ね》が、聞こえない」

ふっと将親が足を止める。いつもなら大合唱をしている水田のカエルも、藪《やぶ》から奏でられるコオロギの鳴き声も、今はまったく聞こえてこない。

響くのは祭囃子の軽やかな音色のみ。

再び大太鼓の音がした。すると、櫓を取り囲む男たちの踊りが変わった。手にしたうちわを帯に挟み、軽快に手を返し、阿波《あわ》踊りでも踊るようにステップを踏んでいる。

「萌波、隠れてるなら出ておいで。一緒にお家に帰ろう。萌波ー」

踊りには目もくれず、法介がきょろきょろと水田のほうを見回している。しかし、赤提灯に照らされた闇の中、彼の妹が出てくる気配はない。

「どうしよう。もし萌波になにかあったら……ううっ」

「法介くん、泣いてる場合じゃないよ。萌波ちゃんが家で待ってるかもしれないんだし」

薫はそう励ましてさきをうながす。神社から一番近いのはモトキの家だ。東に折れて叶《かのう》家にたどり着くと、モトキの母であるアンナが安堵に目を潤ませていた。

「叶のお母さんって心配性なんだね。いや、僕も人のことは言えないんだけど……!!」

萌波のことを気にして足早になった法介は、ちらりとモトキの家を振り返った。アンナにせかされるようにモトキが門をくぐる姿が見えた。

「――仕方ないよ。八年前、モトキは一度赤姫に引かれてるから」

「それ、屋台で建太くんが言ってたやつ？　つまり、その……」

「死にかけたってこと」

その影響か、モトキは霊の類《たぐい》が見えるようになってしまった。

「普通は骸《むくろ》になって帰ってくるんだよね？　じゃあもしかして、叶が唯一の例外？」

歩く速度は落とさずに、法介は慎重に尋ねてきた。

「ああ。俺の父親が調べた限りではははじめてみたいだな。ただ、モトキは引かれたそのときのことをまったく覚えてないようだが」

将親が補足すると、法介は落胆したように肩を落とした。

噂《うわさ》好きのおば様連中の話では、法介の両親は子育てに関して意見が合わず、かなり揉めて離婚したらしい。そのとき母親は、親権をあっさりと放棄したという。以降、荒霊村《あらたまむら》に引っ越してくるまでずいぶんと苦労したようだ。

ふと、河童《かっぱ》を探して川にやってきた二人を思い出した。仲のいい兄妹《きょうだい》——幸せな家族だとばかり思っていた。だが、そうではなかった。

駆け足で次にたどり着いたのは法介の家族が世話になっている四輪モータースだった。工場にはまだ明かりがついていて、法介の父が作業をしていた。整備士の資格を得るために必死で勉強をしている彼は、法介の父親らしく柔和な男だった。

油で汚れた顔を、それ以上に汚れたタオルで拭いてから、法介の父は柔らかく微笑んだ。

「お帰り。萌波、お祭りを楽しみにしてたから大変だっただろ。電話かけたけど繋がらなくて、もう少ししたら様子を見に行くつもりで……え？　もう十一時過ぎ⁉」

壁にかけてあった時計を見上げて法介の父はぎょっと目を剝《む》いた。仕事に熱中して時刻に気づかなかったのか、声が激しい動揺のために裏返った。

「お父さん、萌波、帰ってきてない？」

「ん？　一緒にお祭り回ってたんだろ？」

「ごめん、はぐれたみたいで……やっぱりまだ帰ってないの？」

法介の問いに、ふわっと彼の父親が後方に倒れた。素早く建太が支えると、法介と将親に腕を引かれて体を起こす。

「あ、ありがとう。ここしばらく仕事が立て込んでて……幻聴かな。萌波がいないって」

「お父さん、落ち着いて聞いて。神社で見失って、船頭さんが捜してくれてて……」

「僕も捜しに行かなくちゃ」

法介の父親はふらふらと歩き出した。

赤姫のことは別にしても、こんな状態の人間を行かせたら迷子が二人になりかねない。エキゾチックマッチョこと船頭が心配する気持ちがわかった。

「僕たちが捜します。萌波ちゃんが戻ってきたときのために、おじさんは家で待っていてくれませんか？」

「でも、こんな夜中に子どもたちだけなんて」

提案した薫は、狼狽《うろた》える法介の父親を見て胸の奥が鈍く痛むのを感じた。わが子がいなくなればその身を案じ、他人の子であっても気にかける――これが普通の反応なのだ。そんな〝普通〟が、こんなときなのにひどく羨《うらや》ましい。

「外、宵宮《よいみや》だけどすごく賑やかなんだ。萌波は友だちと二人で遊び回ってるだけだと思う。船頭さんも捜してくれてるから、きっとすぐに見つかるよ」

法介が明るく薫の言葉を継いだ。渋っている父親に一時間したら船頭が戻ってくる旨《むね》を伝え再び外へ出る。

「……お友だちが呼んでる、か」

闇を睨《にら》みながら将親は萌波が駆け出す直前に告げた言葉を繰り返す。父親の前では平静を装っていた法介が、震える手で口元をおおって低くうめいた。

「着物を着るような友だちなんて知らないよ。呼んだってどこから呼んだんだ。なんでいきなり目の前に現れたんだ。どうして写真に写ってないんだ……!!」

法介は両手でがしがしと髪を掻きむしり、すぐにはっとした。

「ごめんね、みんな。僕一人で大丈夫だから、みんなは家に帰って……」

「俺も萌波を見失った。俺の責任だ。だから手伝う」

いつもは陽気な建太が神妙な顔だった。

「……子どもの行方がわからないんだ。捜して当然だろう」

将親はしごくまっとうな言葉で協力を告げた。積極的にかかわろうとしているから、萌波のことが気に入ったに違いない。

「叶に訊《き》いたらなにかわからないかな。一度引かれたなら、そのときの記憶がなくてもなにかヒントが……」

すがるように問う法介に、薫はゆっくりと首を横にふった。

「無理だよ。どうして助かったのか、本人が一番不思議がってたんだから」

赤姫の気まぐれ。それは記録に残る中ではじめての〝奇跡〟だった。

「とにかく、いったん神社に戻ろう。あの近辺でいなくなったのは確かなんだし」

どう動くにしても人数分の明かりは必要だ。踊りに夢中になる男たちに声をかけると、ろうそくの入った丸形の提灯を人数分貸してくれた。

月もない夜だ。慣れない明かりはひどく心許《こころもと》なく、いやでも闇を間近に感じることになった。

「もう一回屋台を捜して……えっと、どの辺りを……」

法介は途方に暮れながらデジカメに電源を入れる。彼から提灯を受け取って手元を照らした薫は、聞こえてきた悲鳴に驚いてデジカメを覗《のぞ》き込んだ。画面には、にこにこ笑う萌波が写っていた。闇に手を引かれる姿はさきほどと同じ。しかしそれ以外は大きく違っていた。背後に広がる森が闇に呑《の》まれ、萌波に押し寄せていたのだ。次は祭りの画像、その次はご神体である市松人形《いちまつにんぎょう》を写したという真っ黒な画像。それが何枚か続くと今度は青空の下に広がる田園——時間帯がばらばらだ。気味が悪いことに、写真をさかのぼるほど不可解な景色まで交じり込んでいく。

「僕、こんな写真撮ってない……!!」

うめいた法介の手がぴたりと止まる。

「……これ、宇城《うじよう》家の蔵の中にあった桐《きり》の箱だ」

拝殿《はいでん》の奥——本殿の一部を写したものだろう。柱の脇に置かれた赤い座布団の上には、日に焼け色あせた赤い飾り紐《ひも》のかかった桐の箱がのっていた。

「赤姫祭りに関連するものは、わが家が代々預かってるからな。神社に祀《まつ》ったり専用の建物を建てて保管したこともあったが、ぼや騒ぎが何度も起きて、結局、宇城家の蔵に戻ってきたんだ。この箱は確かご神体を収めるものだったはずだ」

将親の言葉を聞いていた法介の顔からさあっと血の気が引いた。

「こ、この箱、落としたんだ。僕と叶の二人で掃除してたとき……そのとき変な音がして……あ、でも、今日本殿でご神体を見たとき傷はなかったよ」

慌てて言いつのった法介は、すぐ声のトーンを落とした。

「もしかして、萌波がいなくなったのって僕のせい？　ご神体を乱暴に扱っちゃったから、赤姫の逆鱗《げきりん》に触れて……」

法介はその場に座り込んだ。そうだ、僕のせいだ、と小さな声が聞こえてくる。建太がぐいっと法介の腕を摑んだ。

「立て、法介。落ち込んでる暇なんてないぞ。二手に分かれて、片方は神社に戻ってご神体確認、もう一方は蔵に行ってなんかヒントになりそうなものを探す。どうだ？」

建太の提案に、法介は神社行きを希望した。屋台で姿を消したのだから、もしかしたら萌波を見つけられるかもしれない、そう判断したらしい。宇城家の跡取りである将親が蔵へ行くことになり、薫もそれに同行する。自動的に、建太は法介と一緒に神社へ行くことになった。

3

宇城家に向かうあいだにも、祭囃子が至るところから聞こえてきた。

「昼間の雰囲気とずいぶん違うな」

ぽつりと将親がつぶやいた。昼間の赤姫祭りは、祭り独特の騒がしさはあるもののお囃子につられて踊る者はそれほど多くない。それどころか、事前に録音しておいたお囃子をかけつつ、うまい酒、うまい肴《さかな》でおおいに盛り上がっている輩《やから》のほうが多かった。だから夜の祭りも基本は酒盛りだと思っていた。

だが、違う。

赤提灯の下で汗びっしょりになって踊る男たちは鬼気迫るものがあった。祭囃子に合わせて陽気に踊っているのに、誰の目も笑っていないのだ。さすがに気味が悪く、薫たちは歩きづらいのを我慢して櫓を避けるようにあぜ道を行った。

宇城家に着くと薫は一足先に蔵へ向かった。不思議なことに、ご神体が保管されていた場所であるにもかかわらず、境内のときのような空気は感じられなかった。

当惑していると、将親が鍵としめ縄を持ってやってきた。

「家じゃなくても有効だろ」

鍵を開けると蔵は想像以上に暗く、空気もよどんでいた。明かりをつけると闇がさあっと引いていく。蔵の奥にある脚立を使い引き戸の上にしめ縄を吊《つ》るすとよどみが消えた。

通年玄関にしめ縄を飾るのが荒霊村の風習である。

そして赤姫は、神域に入ることができない神様――。

「怪異、か」

怨霊信仰は、祟《たた》り神《がみ》を祀って慰撫《いぶ》することで守護神とする。もっとも知られているのは天満宮《てんまんぐう》の主神《しゅしん》である菅原道真《すがわらのみちざね》だろう。そして、荒霊姫神社も怨霊信仰である。

だが赤姫は、子どもの守り神として信仰されるその裏で、夏の三日間のみ子どもを攫《さら》うのだ。

まるでそのときだけ祟り神に戻るかのように。

「将親、資料はどこ？」

「知らない」

「……どうしてこの期におよんでそういうことを言うのかな」

宇城家の蔵だから将親がいれば大丈夫、そんな考えだったのが間違いだった。そういえば将親はお坊ちゃまだったんだと、遅まきながら気がついた。

携帯電話を取り出し建太にかけたが、相変わらず通話中で繋がらなかった。

「お手伝いのおばあさんは」

「もう歳《とし》だから夏休みを取らせてる。俺のことを心配してたが、家事くらいできるって言って休ませたんだ」

全自動洗濯機に液体洗剤をまるまる一本投入するのが宇城将親という男だ。どれほどスキルアップしたかは疑わしい限りだが、彼は神妙な顔で「ちなみに庭師は赤姫祭りに参加していて、父親は神楽殿《かぐらでん》に詰めてて、母親は仕事で帰ってきてない」そう言葉を続ける。

前祭りといわれる宵宮を含む赤姫祭りがおこなわれているあいだ、祝詞《のりと》の奏上《そうじょう》で神楽殿に入ることができるのは村人の中でもごく一部だけだ。本殿に祀られるご神体に神を降ろすため、宵宮では宮司以外の人間と接触することを禁じているのだという。

「――家電《いえでん》は」

「行ってくる」

足早に蔵を出て行く将親を見送ってから、薫は提灯を床に置いて辺りを見回した。どっしりとした蔵は二階建てだ。この中からヒントを探すのかとめまいがした。運が悪いことに、収蔵されたものの多くは箱に入っていたり布に包まれていたりして中身がなんであるかわからない。

渋面で棚を眺めた薫は、床に残った足跡が二階に続いているのを見て、誘われるように階段を上がった。

そして、不自然に棚から飛び出した絵画に目を奪われる。

季節は夏、自由気ままに作られたあぜ道と青々と揺れる苗――田園だ。今では見かけることも珍しい古い造りの民家と隣接する柵の中にいる牛に息を呑む。

記憶の片隅《かたすみ》に引っかかっている光景が、その絵とぴったり重なった。

「薫！　だめだ、家電も繋がらない！　薫……どうかしたのか？」

蔵へ戻ってきた将親は、一階に薫がいないのを見て取ると二階に駆け上がり、絵画を見つめる薫に首をかしげる。薫は近づいてきた将親に絵画を見せた。

「将親、これ見覚えがない？」

「油絵？　なんだ、有名なのか？」

「違うよ」

違う。そうじゃない。見たのはついさっきだ。法介が妹を捜すヒントを得るために確認していたデジカメのデータの中。

「この風景を、法介くんが写真に撮ってたんだ。今日、宵宮の中で」

法介は一体どこにデジカメを向けていたのか。

どおんっと、遠く太鼓の音が響いた。

蔵の中には大量の足跡が残されていたが、それでも動き回った範囲は予想以上に少なかった。下駄の歩きづらさに辟易《へきえき》していた薫たちは、素足になるなり絵画のあった一角――ごっそりと空間があいている棚にあたりをつけ、ナイロン袋を床に置くなり次々と箱を開けていった。しかし、木彫りの動物や陶芸品、絵画の類が出てくるだけで、赤姫に関連するような品はない。

「……赤姫の行動には、なにかしらルールがあると思うんだ」

箱から取り出した書物をぱらぱらとめくりながら薫が告げると、将親が巻物から視線をはずした。

「たとえば？」

「たとえばしめ縄。赤姫は神域に入れない」

これがもっとも明確なルールだろう。夏の三日間というのも、四年に一度大祭がおこなわれるのも、男たちだけが祭りに参加を許されるのも、なにかの形式《ルール》にのっとっているに違いない。

それがわかれば、ルールの裏をかいて法介の妹を取り戻せるのではないか。

「……日付が変わる前に祭りがはじまったのも赤姫のルールってわけか」

将親が渋面になった。視覚の異常、時間認識の差異——それらが赤姫によるものなら、ただの人間である薫たちがとても敵《かな》うような相手ではない。

赤姫は仮にも〝神〟として祀られてきた怪異だ。

「無駄なあがきかもしれない。だけど、誰かがいなくなるのを見ているだけなんて嫌だ」

「モトキのときで懲《こ》りたからな」

八年前の大祭で、祭りを覗き見ようと言いだしたのは誰だったか。ざわめく村中の空気から危険を察知していたのに、薫はみんなを止めることができなかった。

反対して場をしらけさせてしまうのが怖かったのだ。

はじめは躊躇《ためら》っていた薫だったが、夜中に家を抜け出すのは思った以上に楽しくて恐怖が麻痺《まひ》した。こっそりと盗み見た祭りはちょうど休憩時間だったのか踊り手は少なかったが、薫たちは小さな冒険に満足して帰途についた。

　赤提灯が揺れる農道。

　ふっ……と、モトキの声が消えたのを覚えている。隣を見るとそこには誰もいなかった。振り返っても彼の姿はなく、水田に隠れた様子もない。

　薫たちはパニックになった。

　さきに帰ったのだろう、そう思った。そう思うことで恐怖心を誤魔化した。だが、モトキは家に戻ってはいなかった。翌日、ひどく取り乱したモトキの母が、体調を崩しながらも村中を歩き回って息子の姿を捜した。薫たちも捜そうとしたが、二次被害を恐れた大人たちに家の中に閉じ込められてしまった。

「……そういえばあのとき、おじさんはモトキを捜さなかったよね」

「ああ」

　三日間、モトキの父はわずかな休みを挟みながら無心に踊っていたらしい。

　そして、赤姫祭りが終わった翌日――引かれた子どもが戻ってきた。

　驚くべきことに、生きたまま。

　皆は手放しで喜んだ。

　だが、その日からモトキは変わった。なにかにひどく怯《おび》えるようになったのだ。

モトキが薫と同じく死者を見ることができるようになったと知ったのは、それからしばらくたってからのことだった。

——モトキが村から出られない体になったとわかったのは、さらにあとのことだ。

桐の箱から巻物を取り出した将親は小さく声をあげた。

「この絵」

柱の生地が毒々しいまでに赤いそれは、火事の様子を描いた掛《か》け軸《じく》だった。炎の中に赤い着物をまとった女が横たわっている。顔は赤く焼けただれ、大きく開かれた口からは断末魔の叫びが聞こえてきそうな鬼気迫る一枚——ふと焦げ臭いにおいがただよってきて、薫は身震いした。

「それだ」

赤姫。血の赤。炎の赤。山を呑み込み、空をも焦がす大火《たいか》——。

「赤姫は、生きながら焼かれた女の怨霊だ」

あの着物の赤は、焼けただれた体から流れ出た血の色だったのだ。

逃げ場を失い絶望する女の姿が眼裏《まなうら》に浮かびあがる。

せめて、そう声がした。せめて、この子だけは。どうか、この子だけは——。

女が炎から守ろうとしたのは、腹の中の子だった。女は焼けた木々を踏み越え懸命に火の手のないところ——山頂に向かって駆ける。だめだ、そう薫は絶叫した。山頂に向かえば退路が断たれる。山を下りなければ、掛け軸の絵と同じように命を落とすことになる。薫は必死で訴えた。だが、その声は彼女に届くことはなかった。

鋭く割れた石を踏み、女は足にひどい怪我《けが》を負った。身動きの取れなくなった彼女は、山のくぼみを見つけるとそこに身を寄せ、襲いくる炎に怯えながら助けを求め叫び続けた。喉《のど》は熱風で焼け、髪は炎で縮れ、着物は肌に溶けた。

そして。

熾火《おきび》のように三日間、女は炎に焼かれ続けた。

「薫！　しっかりしろ、薫！」

肩を激しく揺さぶられて薫は大きくあえいだ。目を瞬《またた》き、当惑する将親を見る。どうやら掛け軸を前に気を失っていたらしい。

「ごめん、大丈夫」

将親に支えられたまま薫は深く息をつく。心臓がバクバクしていた。助けを求める声が鼓膜《こまく》にこびりつく。あれは現実ではない。そうわかっているのに震えが止まらない。

「この場所を探さないと……」

薫は掛け軸に視線を落とす。

「この場所って、まさか、この絵の場所？」

「赤姫が死んだ場所」

「……この絵から場所を特定しろっていうのか？」

薫は将親の問いに首を横にふった。絵から読み取れるのは、それが森の中であること、一面が焼け落ちて目印になるようなものがないことだ。

「たぶん正確な場所を描いたものじゃない。これは赤姫を慰めるために奉納《ほうのう》された地獄絵図だよ。口伝《くでん》か、そういったものを参考にして描かれたんじゃないかな」

実際に〝あの〟光景を見ていたのなら、こんな絵にはならなかっただろう。もっと残酷で、もっと絶望的な絵になったに違いない。

絵を凝視していた薫は、女が身を寄せるくぼみに気づいてはっと身を起こした。

「さっき見た油絵の場所……あの場所が、赤姫が命を落とした場所だ！」

油絵には、山の中腹に緑が濃い場所が描かれていた。おそらくそこが、幻視で見た赤姫が最後に身を寄せた場所――。

「俺一人で探す。薫はここにいろ。いや、家のほうがいいか。両親の部屋以外はどこ使ってもいい。その代わり、絶対に外に出るな。お前はまだ、赤姫に引かれる歳だ」

「でも……痛っ」

平手でぺちんとおでこを叩かれた。薫がひるんだ隙《すき》に、将親は下駄を手に急ぎ足で一階に下りた。

「いいか、絶対に歩き回るなよ！」

階下から声が聞こえ、引き戸の開く音がした。おでこを撫でさすりながら階下を見ると、提灯が一つ消えていた。将親が持っていったのだろう。

「……十六歳にもなにかルールがあるってことなんだろうな」

赤姫独自の決まり事《ルール》。赤姫に深く繋がるものがあれば、またなにか視《み》えるかもしれない。

薫はぺちぺちとおでこを軽く叩いてから蔵の中を見て回る。

「萌波ちゃん、大丈夫かな。神社に行った建太たちは……モトキは」

モトキは家に送り届けたのだから問題ないはずだ。それなのに不安がぬぐえない。彼は赤姫にとって八年前に逃した獲物だ。強引な手段で接触してくるのではないか、そう思わずにはいられない。

そのとき。

高い電子音が聞こえ、薫ははっとした。携帯電話が鳴っている。誰の携帯電話も、家電ですら繋がらなかったにもかかわらず電子音が途切れない。

　薫は懐から携帯電話を取り出して息を呑んだ。

　着信を示す電話番号欄には〝9〟が無数に並んでいた。

「……なんの冗談？」

　罠《わな》だとわかるその番号に薫の口元が引きつった。じっと見つめていると、しばらくして電話が切れた。息をついた次の瞬間、再び電話が鳴りだした。

　番号は、先刻と同じ〝9〟が無数に並ぶ不自然なものである。

　今度はコール音が切れない。薫は逡巡《しゅんじゅん》し、躊躇いがちに通話ボタンを押す。

「もしもし？」

　耳に押し当てると、ジジッとなにかが焼けるような音がした。

『にいに、助けて。にいに……』

　か細い声は、萌波のものだった。

「萌波ちゃん!?　萌波ちゃん！　もしもし!?　今どこにいるの!?」

『にいに、じゃ……な……』

「萌波ちゃん？」

　ぶつりと音をたてて電話が切れる。茫然と手元を見おろし、薫は身震いした。使い慣れた飾り気のないシンプルな携帯電話——それは、薫のものではなかった。

「これ、モトキの携帯電話だ」

食事処で落としたときに入れ替わったのだろう。

つまり、今かかってきたのはモトキ宛《あて》の電話——。

薫は下駄を手に一階に下りると提灯を摑む。引き戸に向かうと首筋が粟立《あわだ》った。

この先は赤姫の領域だ。

薫はきつく唇を嚙《か》みしめて下駄を履いた。

なにもやらないで後悔するより、やって後悔するほうがいい。八年前、モトキが引かれるのを止められなかったことに対する後悔は、今も苦く胸の内にくすぶっている。

あんな思いをするくらいなら、怪異だろうが神様だろうが、あらがってみせる。

薫は蔵を飛び出し、宇城家の門をくぐった。下駄を激しく打ち鳴らすように竹林を駆ける。手にした提灯が不規則に揺れ、視界もまた激しく揺れた。祭囃子が近くなる。軽快な太鼓の音と男たちのかけ声が風に流され薫の耳に届く。農道に沿って吊るされた赤提灯が黄泉路《よみじ》に見えて気味が悪かった。

薫は立ち止まりかける足を叱咤《しった》しながら北に——モトキの家に向かった。細い道を何度か西に折れ、目的地である叶家にたどり着くと、家の前に人影があった。

モトキだ。赤姫祭りが危険なことを誰よりもよく知っている彼が外にいることにぞっとした。

「モトキ、早く家の中に戻って。外は――」

声をかけながら近づいた薫は、立ち尽くすモトキの視線が不自然に差し出された彼自身の右手に向けられていることに気づく。その指はなにかを握るように軽く曲がっていた。

モトキが手を引かれるようにふらりと足を踏み出した。

「待って！　どこに行く気……!?」

薫は乱暴にモトキの肩を摑んだ。そのとたん、明かりがなければ足下も怪しくなるような闇は消え、真っ青に晴れ上がった空が頭上に広がった。視界とともに空気の質が変わる。湿度を含む夏特有の大気がさらりとしたものにすげ替わり、それにもかかわらず息苦しさは今までとは比べものにならないほど強くなった。

薫は息を詰めて目を閉じた。

「にいに、遊ぼ」

軽やかな少女の声が薫の耳朶《じだ》を打った。モトキの体がゆらりと動く。その肩を摑む薫の体もかしいだ。とっさに目を開ければ、眼前を赤い着物が埋める。毒々しいまでの赤。ふくふくしい手が揺れると真っ赤な着物もまた揺れる。カランと鳴ったのは赤い鼻緒の下駄だ。そこにいたのは、赤い着物に文庫結びの赤い帯、艶《つや》やかな黒髪を赤いリボンで飾った五歳ほどの少女だ。少女は薫に気づいて微笑んだ。

「にいにの、お友だち？」

洞《ほら》のような瞳が薫をとらえた。

4

全身を赤く染め、少女が笑った。

屈託のない透明な笑顔だった。

「一緒に遊びましょ？」

少女がコトンと首を傾けると、癖のないまっすぐな髪がさらさらと肩を流れる。表情も仕草も愛らしい少女だ。

それなのに、寒気が収まらない。

全身が危険を察知し、緊張で呼吸が浅くなる。

赤姫祭りは荒霊姫神社に祀られる赤姫のための祭りだと思っていた。赤姫は火災で死んだ女の妄念が生み出した祟り神で、祀られることで守護神となった。けれど、目の前にいるのは童女だ。山とともに焼かれた女ではない。

　この娘は誰だ。電話をかけてまで、モトキを誘い出そうとしたのはなぜだ。

「モトキ」

　肩を摑んだ手にぐっと力を込めるとモトキの体が揺れた。二度瞬《まばた》きをして薫を振り返る。あえぐように息をついたモトキは、「どうして」と声を震わせ唇を嚙んだ。薫がここにいることに疑問を抱いたのだろう。

「遊ぼう。ねえ、遊ぼう。一緒に遊びましょ」

　モトキの手をしっかりと握ったまま少女がせがむ。嬉しそうに声を弾ませ、大きな瞳でまっすぐにモトキを見上げる。

「……外輪《そとわ》の妹……萌波は？」

　モトキに尋ねられると、少女はとたんに不機嫌顔になった。

「あの子は、嫌い。いつもにいにの近くにいるから。だから、隠しちゃった」

「隠したって」

「遊んでくれたら返してあげる。ねえ、かくれんぼしよ？」

　無邪気に微笑む少女を、モトキはこわばった顔で見おろした。モトキは薄く唇を開き、ついでぎゅっと引き結ぶ。再び開いた唇はかすかに震えていた。

「わかった。……赤姫が鬼だ」

あえてだろう。モトキが少女の〝名〟を呼んだ。否定することなく少女がうなずく。

「うん、わかった。十かぞえればいいのね？」

うふふっと少女――赤姫が笑う。その場にしゃがみ込むと、小さな両手で顔をおおって貝殻のような唇を開いた。仕草はどれも愛らしいのに不気味さがぬぐえない。

「ひとーつ」

「いいって言うまで捜しちゃだめだよ」

「うん。ふたーつ」

慌てて薫が言葉を添えると、こくりと黒髪が揺れた。赤姫が数をかぞえる中、モトキは薫の手を掴むなり下駄という慣れない履き物のまま猛然と駆け出した。

「なんでこんなところに来てるんだ！」

小声で怒鳴られ眉をひそめる。

「なんでって……赤姫からの電話を取ったから」

「あの〝にいに〟って怪しい電話か？　俺のところだけじゃなかったのか」

「――あ、僕とモトキの携帯電話、入れ替わってたんだ。だから、モトキ宛の電話を僕が取って、赤姫も途中で間違いに気づいてモトキのほうにかけ直したんだろうね」

即座に対応する赤姫の執着に寒気を覚えた。携帯電話が入れ替わっていたことなど、というのモトキすら気づいていなかったというのに。

　モトキはがりがりと頭を掻《か》く。

「ここ、どこだと思う？　村か？　どうして昼なんだ？」

「現実ではないだろうね。――まるで、神隠しだ。今ごろ僕たちは行方不明になってるんだろうな」

　五つ、と、赤姫の声が響く。

「悠長なこと言ってる場合か。外輪の妹見つけたら逃げるぞ」

　赤姫に引かれて悲観しているのかと思ったら意外と前向きだ。

「まさかモトキ、萌波ちゃんを連れ戻すために敵陣に乗り込んできたの？」

「仕方ないだろ。普通に捜して見つかるのは最悪の事態になってからだ。それに……外輪の妹は、俺のせいで赤姫に目をつけられたんだ。電話を取ってぞっとした」

　モトキが言葉を詰まらせた。〝9〟ばかりが並ぶ番号から電話がかかってきたことで、モトキも薫と同じように赤姫の意図を悟ったのだろう。赤姫の言い分から、はじめは萌波に対する嫉妬《しっと》から連れ去ったのだとわかる。その後、家に入ったモトキを誘い出すため萌波の声色を真似た。薫が出たのは赤姫にとっても予想外だったに違いない。もしあのとき携帯電話が入れ替わっていなかったら、モトキだけが赤姫の電話を取り、薫は異変に気づかぬまま最悪の事態を迎えてしまったかもしれない。

薫は、走り続けるモトキを見て尋ねた。

「モトキは八年前に引かれたときもここに来たの？」

「わからない」

やはりあのときの記憶は失われたままらしい。

「赤姫が萌波ちゃんを隠す場所に心当たりは？」

「――ない」

八つ、と赤姫の声が告げる。よく知る建物と見たこともない建物がごちゃまぜになった空間は、短時間で人を捜すには広すぎる。なんとかして赤姫からヒントを聞き出すべきか――そんなことを考えていると強く腕を引かれた。引かれるまま民家の門をくぐり、モトキに続いて塀に体を寄せる。

「とーお。もーいーかーい」

風一つない空間に赤姫の声が響く。人捜しに厄介な広さなのは赤姫も同じだ。うまくやり過ごせば探索に時間を割けるかもしれない。薫はそう期待する。

しかし。

「みーつけた」

軽やかな声とともに手首に冷たいものが触れた。いつの間にか赤姫が薫の脇に立ち、手首を摑んでいたのだ。氷のように冷たい指先にぞわっと鳥肌が立つ。

「鬼さん、交代ね」

空洞の瞳が笑みに歪《ゆが》む。

「じゃあ次は僕が鬼だね」

薫が言うと赤姫はこくりとうなずきモトキの手を取った。行こう、と、赤姫が誘う。口の動きだけで「大丈夫」と伝えたモトキは、赤姫に引かれるまま塀の向こうへ消えた。

「いーち、にーい」

薫は目をぎゅっと閉じて数をかぞえていく。十までかぞえてモトキと赤姫の姿を捜すと、実にわかりやすいことに柿の木の後ろに二人が並んで立っていた。

そうして何度か鬼を変わりつつかくれんぼが続いた。そのあいだ、薫とモトキはそれぞれに萌波を捜した。だが、いっこうに見つからない。

「少し休憩しない？」

雑談で情報を引き出そうと薫が提案するも、赤姫は首を横にふった。

「だったら、萌波だけでも帰してくれないか？」

モトキが頼むとニコニコ笑っていた赤姫の顔からすっと表情が消えた。

「――やっぱりあの子は嫌い」

赤姫の感情に呼応するようにざわりと辺りの空気が蠢《うごめ》く。

「あの子は友だちの妹だから帰してあげたいんだよ。ほら、家族が心配するから」

薫が慌てて言葉を添えると、赤姫はぷうっと頰《ほお》を膨らませてそっぽを向いた。まるで子どもだ――否《いな》、子どもそのものだ。大好きな〝兄《にいに》〟を取られまいと警戒しているように見える。赤姫と呼ばれ長く人々の信仰を得てきた〝神〟の正体はあまりに幼く、薫は内心で戸惑った。感情の揺らぎが人の生き死ににかかわるなど正気の沙汰《さた》とは思えない。

「次は僕が鬼だね」

薫は無理に笑みを浮かべた。

いつまでこんな茶番につきあえばいいのだろう。家を一軒ずつしらみつぶしに捜せば萌波は見つかるだろうか。無事に見つかったとして、皆のもとへ帰ることができるだろうか。太陽すら存在しない空を見上げ、薫はそっと目を閉じた。

赤姫に引かれてからどのくらい時間が過ぎたのだろう。

もしかしたら、体はすでに死に絶え、魂《たましい》だけが赤姫に囚《とら》われているのではないか。過去、赤姫に引かれた多くの子どもたちがそうであったように、薫たちもすでに――。

〈見つかったか⁉〉

突然、鋭い声が耳朶を打った。建太の声だ。木に体をあずけて十までかぞえた薫は、はっと顔を上げあぜ道を見回した。しかしそこに建太の姿はない。

〈いない。どこにいるんだ。どうして戻ってこないんだ〉

苛立《いらだ》つ声は将親のものだった。

〈ど……どうしよう。僕のせいだ。僕が萌波をちゃんと見てなかったから……叶も、薫くんも、きっと萌波を捜して……僕のせいだ。どうしよう。どうしたら……〉

〈落ち着け、外輪法介。こういう場合、幼女は助かるって相場が決まってるんだ〉

〈適当なこと言わないでよ～〉

思いつめたような法介の声が将親の一言で少し柔らかくなる。

〈とにかく、もう一度捜そう。絶対いるはずだ。見つけたら、文句の一つも言ってやらないと気がすまない。薫のやつ、出るなって言っといたのに出やがって〉

将親の語調が荒い。ずいぶんと心配をかけているらしい。

〈俺、一軒ずつ回ってくる。昼間なら飲んだくれてる大人が捜すの協力してくれそうだし！　あ、法介はちょっと休んでろよ。寝てないんだろ〉

〈ありがとう、建太くん。でも、みんなを見つけるまでは疲れたなんて言ってられない〉

法介の声には痛々しいほどの決意がにじんでいた。幻聴だ。不安が幻聴を引き起こしているに違いない。そう思っていたのに。

〈行くぞ〉

建太の合図とともに大気が動いた。

風が舞い上がる。

熱が触れた気がして、薫はそっと自分の肩を抱きしめた。

——この世界のどこかに、もとの世界へ繋がっている場所があるはずだ。こちらに来たのだからあちらに戻れるはず、そう思うことで薫は気持ちを奮い立たせた。

「もーいーかーい」

薫は行動開始の言葉を唇にのせ、返事がないことを確認して歩き出す。闇雲に捜すには人手も時間もなさすぎる。建物に重点をしぼるだけでは足りない。もっと限定的に捜し、そのうえで範囲を少しずつ広げていく消去法がいいだろう。

「……最初に行くのは、モトキの家と、神社と、宇城家の蔵」

薫が知る限り赤姫と関わりが深いのはこの三カ所だ。そして、完璧に再現されていたモトキの家からは、萌波の姿や、もとの世界に帰るヒントは見つけられなかった。

「荒霊姫神社は……」

北を見るが、山林の一部が切り倒されているだけで神社そのものがない。薫は農道の脇に立つ小屋を覗き、隠れた二人を捜すふりをしながら村の東へ向かった。天然の壁のように広がる竹林こそなかったが、どっしりとした門構えの宇城家は健在だった。

近くに赤姫がいないことを確認した薫は、足早に門をくぐると蔵に向かった。白壁の蔵は記憶にあるものより新しかった。ここに萌波がいるかもしれない。期待して引き戸の前に立つ。意外なことに鍵がかかっていない。薫は引き戸を軽くノックした。

「誰かいる？　萌波ちゃん？」

そっと声をかけるが返事はない。家も蔵も現存しているなら、赤姫が宇城家か宇城家に住む人々に関心があることは間違いない。薫は引き戸を開けて中を覗き込みぎくりとした。蔵の中は記憶にある通り、そっくりそのまま再現されているのだ。

奇妙としか言いようがない。

萌波がいないのはすぐにわかったが、薫は蔵へ足を踏み入れ二階に上がった。将親と一緒に赤姫について調べたときは祭り用に箱が持ち出されていたのに、今は棚がすべて箱で埋まっていた。

「現実じゃないんだから当然か。でも、すべてが作り物ってわけじゃない。——まるで」

さまざまな時間が少しずつ重なり合っている印象だ。そんな中に人間が長くいて無事なわけがない。薫は動揺を誤魔化すように見覚えのある桐の箱を手に取る。よく見ると記憶にあるより汚れが少なく、中に収められた掛け軸も、息を呑むほど鮮やかに生々しく女が焼けるさまが再現されていた。

「やっぱり新しい」

ここは〝過去〟だ。もしかしたら、重要なものがあるかもしれない。

慌てて箱を開けていくと、薫の体に重なるように奇妙な気配が寄り添ってきた。

動きを止めたときに薫が触っていたのは大学ノートだった。表紙をめくると鉛筆で書かれた落書きがある。着物姿の女と、一回り小さな――どうやら、少女の絵であるらしい。線と丸で描かれた絵は、三十秒で描けそうなシンプルなものだった。

「なにこれ？」

ページを繰《く》る。一八七三年グレゴリオ暦採用の走り書きから、荒霊村で起こった事件や事故を細かく書き記してある。山間の村は時代に取り残されていて、昭和になってようやく外の世界と積極的に交流を持つようになったようだ。

ふいに風が頬を撫でた。

〈赤姫はただの村娘だったという説がある〉

突然の声に薫はびくりと肩を揺らして辺りを見回した。だが、誰もいない。

〈心優しい娘は鬼と恋仲になった。鬼の伝承はいくつかあるけど、この村に残っているのは青い目の立派な体軀の鬼だ。ひどい怪我を負った鬼が村にやってきて、娘は面倒を見るうちに鬼と親密になった。二人の仲を知り、娘の両親は反対する。だから娘は山でこっそりと逢瀬を重ねるようになった〉

張りのある若い声に、カツカツと床を叩くような音が重なる。どうやら何者かが歩き回っているらしい。

〈やがて娘は身ごもった。日に日に大きくなる腹を隠しながら逢瀬は続く。おりしも夏祭り。かがり火の一つが枯れ草の上に倒れ、火は瞬く間に山に広がった。鬼会いたさに山へ入っていた娘は、三日三晩、炎に焼かれた。火が消えたあと、娘の骸《むくろ》を抱きしめて鬼は涙に暮れた。そして鬼は、失意のうちに故郷へと帰っていった——これが、この村に伝わっていた鬼の伝説〉

「……鬼の、伝説？」

〈しかし伝説には続きがあった〉

抑揚をつけて声は語る。

〈死んだ娘はやがて村を彷徨《さまよ》いだした。恋しい鬼を捜していたのか、あるいは自分が死んだことに気づいていなかったのか——哀《あわ》れに思った村人たちは、娘の霊を慰めるために小

さなお社《やしろ》を作った。それが、赤姫のはじまり。村を彷徨い人々に恐れられた娘は、大切に祀られることで村を守る〝神〟となった〉

ふと足音が消える。

〈ん？　妙だな。だったら赤姫祭りの三日間はどう説明するんだろう。神様になった心優しい娘が子どもを引くって……殺すっていうのは、道理に合わない〉

声は自問する。

〈三日間だけ正気を失うのか？〉

「違う」

〈そう、違う〉

薫が反射的に否定すると、声が当然とばかりに答えた。赤い着物を身にまとい、赤い鼻緒の下駄を履く幼い少女――彼女が子どもを引くのだ。

「赤姫は妊娠していた」

〈うん、そうだ。母の胎《はら》で、母に抱かれたまま焼けた子が、その腕《かいな》を抜け出して――時間という概念さえ飛び越えて、遊び相手を捜しているんだ。なんて悲しいことだろう〉

死者を哀れむ声が静かに零《こぼ》れ落ちる。子どもの守り神としての赤姫と、子どもを引く赤姫――母と子が同時に同じ名で呼ばれたことで生じた矛盾《むじゅん》。

深い溜息《ためいき》が聞こえたあと、もう一度〈ん？〉と聞こえてきた。

〈今、なんか、声がしたような……？〉

戸惑う男の声とともに再び足音が聞こえてきた。と、階下から〈旦那様〉と声がした。

〈こんなところにいらっしゃって！　捜したんですよ！〉

よく知る声だった。宇城家の筆頭家政婦のミツである。その声は、薫の記憶にあるものよりもずっと若く張りがある。思わず階下を覗いてみたが、そこには誰もいなかった。

〈調べ物もいい加減になさいませ〉

〈そうは言っても、土地は神の座だ。僕たちは間借りしているだけなんだよ。だから、土地を知り、敬意を払うことは必要だと思うんだ〉

――この声は。

〈それはそうかもしれませんけれど……〉

〈それにね、宇城家は赤姫の血筋だから知っておきたかったんだ。市松人形《よりしろ》が蔵を好むのは奇妙だと思っていたけれど……ここは赤姫が鬼と出会った場所だったのかもねえ〉

蔵ができる前は、傷ついた鬼を住まわせる離れだったのかもしれない。言葉も通じない二人は、そこで愛をはぐくんだ――ずいぶんとロマンチックな発想だ。柔らかく語るその声に、ミツの溜息が重なった。

〈まったく、旦那様は呑気《のんき》ですこと。奥様が産気《さんけ》づきました。鬼の形相で旦那様をお呼びですよ〉

〈それをさきに言ってくれ！〉

バタバタと足音が移動する。どうやら階段を下りたらしい。

〈ところでさっき、僕に話しかけてこなかった？〉

〈さっきっていつですか〉

妙なやりとりが遠ざかっていくのを聞きながら、薫は思わず口を押さえた。声の主は宇城家当主、宇城道朝《みちとき》——将親の父のものだった。なるほど、全国で土地を転がす名うての不動産王は、信心深い男だったらしい。

「……宇城家が、赤姫の血筋」

だから蔵にご神体である市松人形を安置していたのだ。

薫がいくつも並ぶ桐の箱に手を伸ばす。

と、再び階段を上がってくる音がした。ぎくりと身をこわばらせた薫は、慌てて蔵の奥に行き、棚に並ぶ木箱の陰《かげ》に身を隠す。

ぎしぎしと鳴り響いた板の音が止まった。

〈将親くん、どうしてまたここに……〉

当惑する法介の声が聞こえ、薫はほっとした。顔を出して通路を見るが、先刻同様、そこには誰の姿もない。ただ声だけが切迫した空気をまとって押し寄せてくる。

〈手がかりがあるかもしれない〉

〈もう何度も探したよ。なにもないって、将親くんだって言ってたじゃないか〉

〈うるさい！　他にどうすればいいんだ！〉

絶叫するように怒鳴られて、薫の胸は鋭く痛んだ。焦燥《しょうそう》のにじむ声。どんなに必死で捜してくれているのか、それだけで伝わってくる声色だった。

〈もう時間がないんだ。夜が来る。このままじゃ、薫たちは……〉

夜――何日目の夜だろう。一日目の夜はきっともうずっと前に終わっているに違いない。では、二日目か。もしかして三日目なのだろうか。時間の流れが曖昧なこの場所で正確なことはわからなかったが、決して楽観視できる状況でないのは伝わってくる。

〈む、村の外に出たんじゃない？　ほら、今お祭りだし。村を通りがかった人と偶然気が合って、そのまま遊びに行っちゃったとか！〉

〈あり得ない。モトキが一緒なら、間違いなく連れ戻される〉

〈連れ戻されるって、誰に？〉

〈赤姫だ。モトキは赤姫に魅入られてる。七歳のときに大祭で引かれてから、あいつだけ

は村の外に出られない。外に出ようとするたびに邪魔が入るんだ〉

　苛立ちを押し隠すような将親の声に薫は目を伏せる。モトキが家族と車で出かけたとき、村を出る直前、事故に遭った。それをきっかけに異変が露呈《ろてい》した。バスに乗れば故障し、電車では人身事故が起こる。徒歩で村を出ようとしたこともあった。そのときは目の前で人がはねられた。一度や二度なら偶然と割り切れるものが数度も続けば必然になる。

　そしてモトキは、一人村に残る道を選んだ。選ばざるを得なかった。

〈モトキが村にいるなら薫も村にいる。萌波だって、きっと……〉

チューニングがくるうように将親の声が遠ざかって消える。次の瞬間、空気の質が変わった。肌が粟立つ。カラコロと軽い足音が近づいてくるのを聞いて全身が小刻みに震え、薫はとっさに自分の肩を抱きしめ背を丸めた。

　来た――。

　その姿を見なくても、気配だけでわかる。

「どうして遊んでくれないの?」

　赤姫の声はひどく苛立っていた。

　階段を上っているのだろう。板の軋《きし》む音が大きくなる。

「かくれんぼは、鬼が隠れちゃだめなのに」

不満を訴える声が空気さえ黒く染める。足音が近づいてくる。祭事用の品を収めた一角を素通りし、まっすぐ蔵の奥へ進んでくる。迷いのない足取りだ。薫は棚に身を隠したまぎゅっと目を閉じ、息を殺した。心臓が胸の奥で暴れている。

見つからないことを祈りながら身をちぢこめていると足音が止まった。

耳を澄《す》ませても衣擦《きぬず》れの音は聞こえてこない。捜すことをあきらめて去ったのか——ほっと息をついて目を開けたとき、赤い鼻緒の下駄が見えた。血のように赤い着物からちょこんと伸びた足が、その下駄を履いていた。

「……っ……!!」

悲鳴をあげそうになる口を両手で押さえる。一歩、赤い鼻緒の下駄が薫に近づいた。赤姫が棚を覗き込むように足を曲げる。着物の肩から黒髪がさらさらと流れ落ちた。

見つかった。逃げられない。

と、そのとき、どおんっと大気が震えた。大太鼓だ。肌を刺すような振動が消えると今度は囃子太鼓が打ち鳴らされ、場違いなほど軽快な横笛が聞こえてくる。

きちんと並んでいた赤い鼻緒の下駄が、音に誘われるように向きを変える。

「祭囃子だわ」

赤姫の声が少し浮ついていた。小走りで赤姫が遠ざかると、慌ただしく階段を駆け下りる音が続く。すると、辺りを埋め尽くしていた重い空気が嘘《うそ》のようにかき消えた。

薫は全身から力を抜いてぐったりと隣の箱にもたれかかった。殺されるかと思った。見つかれば、たぶん、殺されていた。まさかあの祭囃子に助けられるなんて——。

「……もしかして、そのための祭囃子……?」

赤姫の注意を子どもたちから逸《そ》らすために、大人たちが三日三晩騒ぎ続けているのだろうか。夜間がとくに派手なのは、その時間帯が危険だからなのか。

薫は棚から離れて息をつき、祭囃子に耳を澄ませる。階下に赤姫の姿はない。それを確認して蔵から出た。外に出ると祭囃子はよりいっそうはっきりと聞こえてきた。

モトキの家にはなにもなかった。宇城家の蔵では赤姫の情報を得た。残るは一カ所。

「祭りの中心、ご神体がある——荒霊姫神社」

外はいつの間にか真っ暗になっていた。だが、不思議とすべてが見通せる。

薫は意を決し、駆け出した。

5

宇城家の外には、先刻までなかったはずの竹林が広がっていた。

竹林を抜けると、進む道をさし示すように赤提灯がぶら下がっている。

人の姿はない。その代わり、アスファルトに黒い影が伸び、ゆらゆらと揺れていた。

そこはすでに、蔵へ入る前に見た年代がごちゃまぜになった世界ではなかった。組まれた櫓のいくつかは、薫にも見覚えがあったのだ。

目の前に広がっているのは薫が見知った光景――今まさにおこなわれている荒霊村の赤姫祭りだった。

首筋がちりちりと熱い。

薫は唾《つば》を飲み込み、アスファルトを踏みしめる。下駄を鳴らしながら夜道を行くが、どれほど進んでも人影だけがアスファルトに踊っていた。無人の櫓から長く伸びた人影が太鼓を打ち鳴らし、横笛を吹く。ますますもって異様な光景だ。

だが、恐怖はなかった。

薫は迷いなく赤提灯にしたがって歩く。すると、今までただの山だった場所に見慣れた神社が建っていた。しかも道々の櫓同様に、駐車場には屋台がずらりと肩を並べ、祭囃子と軽妙に踊る人影だけが祭りの賑わいとともに取り残されている。

境内を包む闇が消えているのを見て薫は顔をしかめた。作為的なものを感じる。

「こういうときに使う言葉は……ええっと……〝誘ってやがる〟だったかな」

「薫でもそういう冗談言うんだな」

「ひゃ⁉」

横に飛びのいて仰天していると、全身びしょ濡《ぬ》れのモトキが呆《あき》れ顔で立っていた。その腕の中に萌波を認め、薫が目を見張る。

「萌波ちゃん⁉　どこにいたの⁉」

「滝壺《たきつぼ》のところ。……なんか妙な気配があったから追いかけたら、岩の上で寝てた」

ぐったりと意識はないが、呼吸は確かだ。萌波を河童に渡すつもりだったのか――赤姫の考えに薄ら寒いものを感じながらもモトキをうながして屋台の裏に身をひそめた。

「祭りがどんどん賑やかになっていくな」

打ち鳴らされる太鼓が腹に響く。石階段を上がるのは危険と考え、薫たちは屋台の裏から木々をかき分けながら慎重に山を登った。

「モトキのお父さんは、モトキを守るために必死だったんだと思うよ」

ぎくしゃくとする叶家を思い出しながら薫が小さな声で告げる。モトキが赤姫に引かれた八年前の夜から――モトキが村から出られなくなったとわかったときから、父である醍《だい》醐《ご》の戦いははじまっていたのだろう。息子がこれ以上赤姫との縁を結ばないよう、なんとか遠くへやろうとした。けれどそれはことごとく失敗に終わった。

「家を継げって言ったのも、モトキが反発するのを見越してのことだったんだと思う」

物理的な移動手段を絶たれ、神仏に祈禱《きとう》してもだめ。ならばモトキの意志で赤姫との縁を断ち切らせ自由にしてやろうと、醍醐なりに知恵を絞ったに違いない。モトキが反発することをあえて口にする醍醐の姿を思い出す。

「……一応、他県の高校に進学できるよう努力はしたんだ」

モトキは苦く笑った。

「願書は届かない、ようやく提出しても事故で試験会場に行けないしで、お手上げだった。あれだけ目の前で怪我人が出ると、呪われてるんだとあきらめるしかないだろ」

斜面を登り切るとモトキは口を閉じた。複雑な心境のまま木々に隠れながら二人で境内を覗く。拝殿の前の広場に組まれた櫓では、ひときわ激しく囃子太鼓が打ち鳴らされていた。赤提灯とかがり火に照らし出された広場では、影が軽やかに踊っている。

その中に、血のように赤い影がまぎれ込んでいた。

薫はぐっと唇を噛んだ。鳥居も神域を示す〝門〟だが、ここには神域を囲う玉垣がない。もとよりこの山は赤姫の領域である。赤姫がいることは想定内――カラコロと赤い鼻緒の下駄を鳴らし、見事な黒髪を夜風にのせて軽やかに笑いながら赤姫が舞う。

「――八年前、僕は異常を感じていたのにみんなを止めることができなかった。みんなに嫌われることが怖くて、耳を塞ぎ、目を閉じたんだ」

赤姫が帯から赤い扇を抜き出す。ぱっと牡丹《ぼたん》が咲くように、広場に赤がひらく。ひらひらとひるがえる扇が闇の中で炎のごとく尾を引いた。

「モトキ、僕が囮《おとり》になる。鳥居に向かって走るからその隙に萌波ちゃんと本殿へ行ってご神体を調べてほしい。そこに赤姫に関するなにかがあるはずだから」

影たちとともに夢中で踊る赤姫が薫たちに気づく様子はない。薫が軽くモトキの背中を叩くと、彼は驚いたように息を呑んだ。

「待て、お前は……」

「モトキには待ってる人がたくさんいる。だから帰ってあげて。大丈夫。赤姫を撒《ま》いたら、僕もあとからちゃんと追いかける。心配しないで」

薫はそう告げるなり木々の中から飛び出した。ひらひらと蝶《ちょう》のように舞っていた赤姫が、薫を認めて目を見開く。洞の瞳。光もなく生気もない眼差《まなざ》しが薫を追った。

――薫の母は、薫を身ごもってから奇妙なものを見るようになった。もともと勘の鋭い女性であったらしいが、荒霊村に引っ越してからそれが顕著《けんちょ》になった。奇妙な言動を繰り返す妻に、夫はひどく困惑したらしい。環境が変わり神経質になっていると考えて医者に行くよう指示をした。だが症状は改善されず、それどころかますます悪化した。

そして夫は、自分にまるで似ていないわが子を見て妻にこう訊いたのだ。

「それは本当に俺の子か？」

と。

怪異と交わり子をなしたのではないか。日常的に死者を見るようになった妻を、彼はそう疑った。

心の支えであった夫のその一言で、彼女の心はあっけなく壊れてしまった。彼女はわが子の存在を記憶から消し、薫を見るたびに、「いらっしゃい」と声をかけ、他人のように接した。そんな家だったから、父は理由をつけて次第に帰らなくなった。

「赤姫、遊ぼう。こっちにおいで」

手をさしのべると赤姫は虚《うろ》の瞳を瞬いてから扇を閉じた。その背後で、萌波を抱きかかえたモトキが静かに拝殿に向かう。

「遊ぶの？」

赤姫がふらりと足を踏み出す。そうだよ、と、うなずくともう一歩近づいてきた。モトキが拝殿に足をかけると板が低く鳴る。赤姫の足が止まり、首がゆるりと動いた。

「赤姫！」

薫は赤姫に駆け寄ってその腕を掴む。ざわっと鳥肌が立つのを無視して口を開いた。

「どんな遊びがしたい？　かくれんぼ以外の遊びでもいいよ？」

尋ねると、拝殿に向きかけた赤姫の顔が再び薫に向く。

「蹴鞠《けまり》や水切り、影踏み鬼は？　女の子なら花占いでもいいかな」

「……花占い」

興味を引かれたようだ。ひたすらかくれんぼだけを繰り返していたのは、それ以外の遊びを知らなかったからなのかもしれない。薫が安堵したとき、モトキは拝殿の奥、御簾《みす》の上がった本殿へと足を踏み入れていた。そこには真っ赤な人形が一体、木製の台座の上に立っていた。モトキは萌波を床に横たえると、ご神体である市松人形を手に取った。

建太たちが調べただろう人形を、今再びモトキが調べている。安置場所を変えただけでぼや騒ぎが起きたことを考えれば、ご神体自体にもなにかあるのは間違いない。それは赤姫に深くかかわるもの――それを見つければ、憂《うれ》いを晴らせば、赤姫が作った〝場〟から抜けられるかもしれない。

どおんっと大太鼓が鳴る。

音に反応し、赤姫は薫の手を振り払って身をひるがえした。薫が声をあげる間もなく、赤姫は滑るように石畳を移動した。軽やかに拝殿を駆け上がり本殿に向かう。

「モトキ！」

薫は悲鳴をあげた。

赤姫の小さな手がモトキの腕に触れる。するとそこから黒いなにかが噴き出した。薫が本殿に駆けつけたとき、モトキたちの体は完全に闇に呑まれていた。

「――薫、やっぱり帰るのはお前だ」

モトキの声がしたあと、闇から伸びてきた手に腕を掴まれた。ぐいっと体を引かれ闇の中に引き込まれると、手が離れ背中を軽く叩かれた。

「だめだ。モトキには待つ人がいる。でも、僕を待つ人はいない。だから僕でいい」

父も母も、薫さえいなければ平穏な生活を送れただろう。今さら一人欠けたところで彼らの生活が劇的に変わるとは思えないが、二人が少しでも穏やかに暮らせるのなら――。

「残るのは俺だ。もともと俺が引かれたんだから」

モトキの揺るぎない声が薫の耳朶を打った。背を押されるまま闇から抜け出し振り返ると、揺らいだ闇の向こうにモトキの姿が見えた。

彼は瞳どころか顔全体が洞と化した赤姫を静かに見おろしていた。

だめだ、と薫は悲鳴をあげる。赤姫は人が〝生きている〟ことさえ理解できず、ただ無邪気に遊びをねだり続ける。赤姫に引かれた子どもが祭りの終わりとともに遺体となって戻ってくるのは、それ以上、命がもたないからなのだろう。

ここに残るのは死を意味する。

「赤姫、いつでも遊んでやる」

モトキの一言に、ふっと赤姫が首をかしげる。どおんっと再び大太鼓の音が響いた。

「ほんと？」

闇の中にあってなお洞《うろ》と化した赤姫が問う。嬉しげな声とともに洞がモトキに向かって伸びるのを見た薫は、萌波を右腕でしっかり抱きくるみ、渾身《こんしん》の力でモトキの腕を摑んだ。

そのとき、空気が大きく揺らいだ。

〈モトキ、薫！〉

〈萌波……!!〉

〈どこにいるんだよ……!!〉

聞こえてきたのは、かすれる声を絞り出す将親たちの呼びかけだった。かくれんぼの最中や、蔵の中で聞こえてきた声――きっと、村中を捜してくれていたのだろう。焦燥《しょうそう》をかかえながら、それでもあきらめることなく、今このときも懸命に名を呼んでくれる。

胸に押し寄せる感情の波に、薫の喉がくっと鳴った。

いつだって彼らは、独りぼっちで途方に暮れる薫の名を呼んでくれていた。死者を見ることで奇妙な言動を繰り返す、そんな薫を恐れずに手を差し伸べてくれていた。

改めて突きつけられる事実が、こんなときなのに泣きたいくらいに嬉しかった。

「待つ人間、ちゃんといるじゃないか」

穏やかにモトキがささやき、薫の腕を振り払う。

「モトキ！　だめだ、一緒に……‼」

洞に呑み込まれるモトキの腕を再び摑んだそのとき、なにかが割れる音がした。足下にご神体である市松人形が転がっていた。

〈戻ってこい！〉

将親たちの声が強く呼びかけてきた直後、洞が後退した。薫はとっさにモトキを抱きよせ、洞から離れた。だが洞の眼差しはまっすぐモトキに向けられている。彼もその目を瞬きもせず見つめ返していた。

「──また、遊んでね……？」

赤姫の言葉が全身に絡みついてきた。これは呪いだ。悪意なく好意のみで繫がる言葉の呪縛《じゆばく》──言霊《ことだま》だ。

「モトキ、もしかして君は八年前にも赤姫と──……」

薫は茫然とした。引かれた子どもが骸となって帰ってくることを考えれば、赤姫が飽きればモトキが命を落とすことは確実だ。土地に縛られた彼は死者を見る目を得て生きて戻り、〝奇跡〟と呼ばれる。

その縁が、さらにいっそう濃くなった。

「約束よ?」

ゆるりと引いていく闇の中からひび割れた声が聞こえ、鳴り響いていた祭囃子がぴたりと消えた。

闇が遠のくと同時、薫の意識が大きく揺れた。

6

赤姫祭りが終わるとすぐにお盆に入る。

だが、荒霊村では多くの家が子どもを村外に住む親類に預け、お盆を大人だけで過ごす。そして九月に入ってから漸《ようよ》う親類を呼んで墓参りに出かけるのが習わしらしい。

今年、荒霊村駐在所に赴任してきたばかりの鮒伏《ふなぶし》巡査は、四輪モータースの社長である船頭から外輪萌波という五歳の女の子が行方不明だと相談を受けた。すぐに家族に連絡を取るも電話が繋がらず、急ぎ四輪モータースに向かうと、少女の父親は哀れなほど狼狽え、調書を取るのも苦労するほどだった。三丁目を中心に少女を捜していると、目元の涼やかな高校生――荒霊村の大地主の息子・宇城将親が声をかけてきた。

「久々津《くぐつ》薫と叶本気《モトキ》も捜してください」

久々津薫は宇城家の蔵から姿を消し、叶本気は家にいないという。鮒伏巡査は話を聞くため叶家に向かった。が、父親はなぜか祭りに夢中で、女たちはただひたすら祈っていた。すでに九十を超える叶本気の曾祖母《そうそぼ》と足の悪い六十代の祖母が家で待つのはわかるが、息子を捜しに行こうとする母親を祖母が「赤姫に引かれる」と止めたのは奇妙だった。祭りのあいだに外へ出た女性は、流産したり婦人科系の病にかかると言われているらしい。

鮒伏巡査は当惑しながら一丁目にある久々津家に向かった。久々津薫の母は「子どもはいません」とあっさり否定した。意味がわからなかった。

神楽殿に籠《こ》もっていた祭事の責任者、宇城家当主のもとへ強引に押しかけ祭りを中断するよう申し入れると、彼は黙考《もっこう》のうえ、悲痛な声で三日間待てと言った。

赤姫祭りのあいだ、引かれた子どもは決して戻ってこない。だが、どんな形であれ祭りが終われば戻ってくる。だから、祭りが終わるまで待て、と。

――正直、訳がわからなかった。時代錯誤な考えが今もまだ受け継がれていることに驚き呆れ、鮒伏巡査は行方不明者の友人だという子どもとその家族、さらに数人の村人とともに村中をくまなく捜した。しかし、足取りはおろか目撃情報一つ得られなかった。

転機は赤姫祭り三日目の夜、捜索を手伝っていた子どもたちが踊り続ける男たちを押しのけ本殿に入ったときに訪れた。

そのときのことを思い出すといまだに背筋がぞくぞくとする。

本殿はもう何度も捜した場所だった。一見してなにもないとわかるその場所で、子どもたちは必死になって行方不明になった三人の名を呼んだ。叫び続けたせいで声は嗄《か》れ、それでもなお彼らは声を振り絞った。

応援要請を出すことを決め、鮒伏巡査は本殿から出ようとした。

そのとき見たのだ。ご神体である市松人形の口元が笑みに歪むのを。

揺れるろうそくの炎の中、誰かがご神体を手に取り、床に叩きつけた。

罰当たりな――そう思いながら本殿へ引き返した鮒伏巡査は、三つの影が忽然《こつぜん》と現れるのを見た。浴衣姿の少年二人と、少女一人。行方不明だった子どもたちだった。

祭囃子は消えていた。

おりしもそれは、赤姫祭りが終わった直後のことだった。

三人は、衰弱《すいじゃく》しながらも生きていた。

怪談の類は一切信用しないし、幽霊や怪奇現象なんて思い込みや科学で証明できるものばかりだと確信していた。そんな鮒伏巡査がはじめて遭遇した、それはおそらく、神隠しと呼ばれる類の事件だった。


「無事に生還おめでとう！　奇跡第二弾だな！」

クリニックから退院すると、建太が大きく手をふって出迎えてくれた。薫の体を気遣ってか、着替えの入ったカバンをさっと奪っていった。

「ずいぶん安っぽい奇跡だな」

将親が呆れつつモトキからカバンをむしり取る。

「萌波ちゃんは？」

薫が尋ねると、法介はにっこりと微笑んだ。

「明後日に退院。もうケロッとしてるんだけどね、一応大事を取ってってことで」

「様子はどう？　いつもと変わらない？」

「いつもより元気なくらいだよ。院内に同じ歳の子がいて友だちになったみたい。学区が違うのに、一緒に小学校に行くって大騒ぎしてるよ」

明るい口調にほっとする。どうやらモトキのように霊感に目覚めたということはないらしい。こわばっていたモトキの肩からも力が抜けた。

「でも不思議だよねえ。叶たちが乗ってた救急車だけ途中でエンストしちゃうなんて」

　赤姫祭りが終わって保護されたあと、萌波の乗った救急車は村を出て隣町の総合病院に向かったが、薫とモトキの乗った救急車は村から出られなかった。代わりの車を手配することになって救急車を降りるとエンジンがかかり、薫たちは行き先を村のクリニックに変えてくれるように頼んで再び救急車に乗り込んだ。

「赤姫といえば、あの話、聞いた？　ご神体から炭化した遺体が出てきたって」

「遺体⁉　な、なにそれ、知らない！」

　声をひそめる法介に建太がぎょっとする。

「大きさからして六カ月くらいの胎児《たいじ》じゃないかって。ちゃんと供養してあげたみたいだよ。新聞に小さく載ってて、取材しに行ったら教えてくれた」

　さすが未来のジャーナリスト。あんなことがあったのに好奇心は健在らしい。

　ご神体である市松人形の中に納められた遺体なら、赤姫に関するものなのだろう。考え込んでいると渋面で押し黙っていた将親が「そういえば」と口を開いた。

「赤姫の伴侶《はんりょ》は鬼って言い伝えがあるな」

　それを語るとき、枕詞《まくらことば》のようにつけ加えられる言葉がある。

〝おぞましい逸話〟

「ご神体の中にあった胎児の遺体は、赤姫と鬼のあいだにできた子どもってこと？」

ちりちりと首筋が焼けるような感覚に、薫は戸惑いながらも将親を見た。

「だろうな。妊娠当時、赤姫は十六くらいだったんじゃないかって、父親が言ってた」

「根拠は？」

「さあ。何年もかけて口伝かき集めて調べた結果だって……その資料はミツが捨てたらしくて、もうないんだけどな」

ふっと脳裏に汚れた大学ノートが浮かび上がる。びっしり書き込まれた文字と落書き。それは、丹念に調べられた血と土地の記憶。

「――そうか。赤姫にとって、十六歳はもう〝大人〟なんだ」

母親が自分を身ごもった年齢――農村地帯では、嫁いできた女性は立派な働き手だ。もちろん子どももその一部ではあるが、比重が圧倒的に違う。嫁ぐ歳の女性は〝大人〟であり、遊び相手ではなくなってしまう。だから引かれるのは十六歳未満の〝子ども〟に限られるのだ。薫はそう解釈する。

「薫くん、もしかして引かれたときの記憶があるの？　今、閃《ひらめ》いたって顔したよね」

興奮気味に法介に尋ねられ、しばらく考えてから薫は首を横にふる。

赤姫に引かれ行方不明になっていたのは三日間――その間、どこに行ってなにをしていたのか、どうやって戻ってきたのか、すべての記憶は霞《かすみ》がかかったようにあやふやだった。ただ、なにかに怯え、焦り、そして、救われたことだけは鮮明に覚えている。

「断片的に思い出す部分はあるんだけどね」

「大祭怖いから、対策わかるとよかったんだけど……次は四年後の閏年《うるうどし》かあ」

がっかりと肩を落とす法介を見て頭の中で数字を弾《はじ》く。多少の誤差はあるだろうが、八月で六カ月くらいとなると――。

「仕込みは二月二十九日《うるう》《うるう日》か」

ぽんと手を打つ将親を、薫は軽く睨んだ。

「そういう野暮天《やぼてん》な発言はどうかと思うけど」

つい逆算してしまうのはよくない癖だ。しかし、特別な年に合わせておこなわれる大祭は、赤姫にとっても特別なものであることは間違いない。

「お前らなんでそういうエロいこと言うの⁉」

ひゃあっと建太が声をあげて逃げ出した。高校に入ったら可愛《かわい》い彼女がほしいと意気込んでいたわりに、この手の会話は苦手らしい。あはは～っと、気の抜けた声で笑いながら法介が建太の後ろ姿をカメラに収めた。

「そういえば、撮った覚えのない写真は全部消えてたんだ。田畑とか森のやつ。逆に、真っ黒だった本殿の写真はもとに戻ってたよ。……の、呪い、だったのかなあ」

びくびくしながらも法介がデジカメを見せてくれる。祭りのときに撮った画像のあいだに白い画像がいくつか挟まっている。それをじっと見つめ、薫が首をかしげる。

「──宇城家にあった絵と同じ景色の写真がなかった？　それも消えてる？」

「田園風景？　そういえば似たのがあったような……んー、消えてるねえ」

画像を確認しながら法介がうなる横で、モトキが片手で口をおおった。

「思い出した。蔵で見た田園風景の夕日バージョン、家の蔵にある」

絵はモトキの母親の実家であるイギリスの片田舎に収蔵されていたもので、それが日本の田舎の景色だとわかると彼女は絵を写真に撮り飛行機に飛び乗ったらしい。そして、写真を手に半年ほど日本国内を放浪してようやく荒霊村にたどり着いたのだという。

不思議な縁に驚いてモトキを見ると、将親がおもむろに口を開いた。

「蔵の絵は鬼が描いたものらしい。薫が気にしてたから、あのあと父親に訊いたんだ」

「鬼？」

「青い目の鬼。父親が言うには、鬼の正体は外国の画家じゃないかって。外国人はでかくて目や髪の色も違ったから、昔は鬼と間違われたっていう話があるだろ。もっとも、赤姫祭りのベースは海難事故の記録から近代──一八七〇年代が濃厚だけど」

「……その青い目の鬼は、もしかしなくても、、、、イギリス人だったりする？」

「よくわかったな。名前までは調べがつかなかったが、確かにイギリス人で……」

薫の問いに答えた将親は、そこでぴたりと言葉を呑み込んでモトキを見た。青い目の彼はイギリス人の血を継ぎ、その家にはモチーフを変えた絵画がある。異国の血を色濃く残す友人を凝視して、状況を察したらしい将親が大げさなほどよろめいた。

「待て。もしそうだとして、どうしてモトキだけが赤姫に狙われるんだ？」

将親は赤姫の末裔《まつえい》、そして、モトキは青い目の鬼の末裔——赤姫がモトキを〝にいに〟と呼んだなら、将親も〝にいに〟と呼ばれても不思議はないのだろう。

しかし赤姫は、将親のことなど眼中になかった。

「見た目がおっかないお兄さんより、優しそうな鬼のほうがよかったんじゃないの」

薫の言葉に、将親はぺたぺたと自分の顔を触って首をかしげた。腑《ふ》に落ちないらしい。

「ん？　ちょっと待てよ。ご神体を供養したんだから、赤姫は成仏したってこと？　じゃあもう引かれることはないの⁉」

法介は興奮気味に叫んだ。だが、仮にも神と呼ばれた存在が、そんなに簡単にこの世との縁を絶つとは思えない。彼女に歌と踊りを奉納し続けても祭事の三日間には神隠しが発生していることを考えれば、供養にどれほどの効果があるのかは疑わしい限りだ。

――約束よ?

前触れなく少女の声が聞こえ、薫は辺りを見回した。だが、そこに人の姿はない。眉をひそめながら青々と揺れる水田を見ていると皆に呼ばれた。

「あ、そうだ。法介、萌波が退院したら滝壺行こうぜ。赤姫祭りのときに滝壺に行ったら見たんだ!　黒いの!　あれ絶対河童だ!　今度こそ捕まえてやる!」

河童をあきらめきれないらしい建太に薫は苦笑する。そして、やっぱりなにかが引っかかって首をかしげた。もしも赤姫に引かれたときの記憶があったなら、この疑問も解決するのだろうか。そんなことを考えながら帰途につく。

モトキたちと別れ一丁目に行き、建太から荷物を受け取って久々津家の前に立った。

「ただいま」

台所を覗くと母が椅子《いす》に腰かけテーブルの一点を凝視していた。ガラス玉のような瞳はいつ見ても生気がない。洞の眼差し――彼女はこの世ならざるものを見つめ続けているのかもしれない。薫の存在に気づくこともなく。

悲しみにもむなしさにもとっくに折り合いをつけたはずなのに、これが現実なのだと突きつけられるたび、子どもみたいに傷ついてしまう。

「……お母さん」

「あら、いらっしゃい」

母は聞き慣れたフレーズを唇にのせる。いつ気づいてくれるのだろう。そばにいるのがわが子であることに。愛情も執着もなく、その存在すら記憶から消され、一体いつ――。

唇を嚙みしめたそのとき、テーブルの上に食事が用意されていることに気がついた。二人分。

いつも一人分しか作らなかった母が、茶碗も、味噌汁《みそしる》用のお椀も、焼き魚も和え物用の小鉢も、すべて二組ずつ用意している。テーブルの中央には、なにか煮物を入れるつもりなのか大きな器が置かれていた。

それはあまりにも予想外な〝食卓〟だった。

「よかったら、ご一緒にいかが」

思いがけない言葉に薫は戸惑い、立ち尽くす。

赤姫祭りで薫がいなかったあいだ、駐在所の鮒伏巡査が何度もやってきて子どもの所在を尋ねたらしい。今年赴任してきたばかりで土地のことをよく知らなかった彼は、何度も何度も繰り返し熱心に――子どものことを、尋ねてくれたのだ。

不思議そうに見つめる母の瞳に薫の姿が映っている。

その顔が、やがて泣き笑いのように歪んだ。

第五章

知らない子

1

あの子が来た。念願叶《かな》って、一緒に来てくれた。

それだけで貴沢一貴《きざわかずき》は浮かれていた。ずっと思いを寄せている子だった。遠くから眺めることしかできなかったが、勇気を出して声をかけてよかったと思う。こんなに幸せな気分になれるなら、もっと早くに行動に移すべきだった。

しかし、勇気を出すのに時間もかかったが、準備にも時間がかかった。

華奢《きゃしゃ》なあの子に似合う淡いピンク色の服を買い、あの子の柔らかな栗色の髪を飾るリボンも買った。靴も、靴下も、下着だってすべてこの日のために入念に選んだものだ。もちろん、店で買うことはできなかった。ゆえにすべてインターネットで購入した。つくづくいい時代になったものである。ほしいものを、店員に白い目を向けられることなく、家にいながら手に入れることができるのだから。届いた服は予想よりずいぶんと安っぽかったが許容範囲だった。どうせこれから何着も必要になるのだから、一着くらい失敗しても仕方がない。勉強代だと思うことにした。

なにせすべてが〝はじめて〟のことだ。

あの子に声をかけたのも、車に引きずり込んだのも、そのまま攫《さら》ってしまったのも。

全部はじめて。

これから二人だけの薔薇《ばら》色の生活がはじまる。なんて素晴らしいのだろう。あの子のために買ったティーセットでアフタヌーンティーを企画したら喜んでくれるに違いない。その姿を思うだけで胸が高鳴った。

「そ、そうだ。お茶の準備をしなくちゃ。きっと、喉《のど》が渇いてるだろうから」

途中で道に迷い、到着まで二時間以上もかかってしまった。下見をしておいたのに、あの子と同じ車に乗っていると思うとそれだけで興奮してしまったのだ。後部座席でぐったりしていたあの子は、時間のことなど気にしていないだろう。しかし、はじめが肝心だ。あの子が気持ちよく過ごせるように配慮しなければと思う。

そうと決まればお茶の準備だ。

埃《ほこり》で白く染まる床に足跡を残しながら彼はキッチンへと向かう。くすんだステンレス製の流し台でペットボトルを開けてミネラルウォーターを片手鍋に移す。携帯用のコンロにセットしたところでドンドンとなにかを叩くような鈍い音がした。

あの子が起きたのだ。

貴沢は慌ててキッチンから出て廊下の奥――地下室へと続くドアに向かった。古風な外観の洋館は、おあつらえ向きに地下室があった。六畳ほどのスペースはワインセラーを兼ねていたのか大量の棚が放置されていたが、あの子一人が生活するにはなんの支障もない広さがあった。ランタン型の懐中電灯を見てどう思っただろう。LEDライトが不満だったが、古風な洋館にふさわしい落ち着いた雰囲気の懐中電灯だったから、きっとあの子も気に入ってくれたに違いない。

貴沢はポケットから鍵を取り出した。黒い鍵穴に鍵を差し込もうとしたとき、再びなにかを叩く鈍い音が聞こえてきた。地下室ではない。貴沢はきょろきょろと辺りを見回し、ようやく玄関ドアが叩かれていることに気がついた。

誰だろう、そう思ったが、お茶の準備がさきだと思いキッチンに戻った。しかしなかなかノックがやまない。十分経過したとき、貴沢は溜息《ためいき》とともに玄関に向かった。

館は二階建てで、部屋数は寝室や遊戯室、談話室を含めて九室。玄関は吹き抜けになっていて洒落《しゃれ》た螺旋《らせん》階段が取り付けられている。なんでも二十年ほど前に、とある資産家が避暑用に建てた別荘らしい。せっかく建てたが、十年前に一人娘が神隠しに遭って手放したということで、驚くほど安価で借りることができた。

契約期間は三カ月。

山中の別荘は交通の便が悪く、道は雑草で埋まっていた。麓《ふもと》に小さな集落があるが、誰にもあいさつしていない。そのため、来客にいささか不信感を抱いた。

貴沢は重厚なドアを細く開けた。

むせかえるような緑と木の焦げたようなにおいが鼻腔《びこう》をくすぐった。

「どちら様ですか」

玄関ドアの前に女が立っていた。おしろいでも塗っているのか肌は不自然に白く、逆に髪は濡《ぬ》れるように黒い女だった。身にまとうのは真っ赤な着物だ。それだけならさほど珍しくもないが、帯も帯締めも帯揚げも、とにかく身につけているものがすべて赤い。

上から下まで女を眺め、村の風習だろうかと、貴沢は無意識に首をかしげた。

あの、と女が紅《べに》をさした赤い唇を開く。

「道に迷ってしまって」

女は、ぽっかりと穴があいたような昏《くら》い瞳を貴沢に向けた。美しく整った顔立ちだが、見つめられると背筋がひやりとした。

「俺、ここ詳しくないんで」

貴沢はドアを閉める。奇妙だと改めて思ったのは、ドアを閉めて一分ほどその場で耳をそばだてたあとだった。彼女の足下――山の中を歩いてきたとは思えない、土すらついていない真っ白な足袋《たび》が脳裏に浮かぶ。赤い鼻緒の下駄も、まったく汚れていなかった。

歩くのも困難な山道でそんなことがあるのだろうか。

あれは、一体――。

疑念にドアを睨《にら》むと再びノックの音がした。貴沢は肩を揺らし、唾《つば》を飲み込むなりドアスコープを覗《のぞ》き込む。赤い着物の女が困ったような顔でちらちらと頭上を見ていた。

山を下りれば村には大勢の人がいる。道ならそこで訊《き》けばいい。それなのに女は華奢な手をきゅっと握ってドアを叩き続けた。

「あの、しめ縄をはずしていただけませんか」

――奇妙な声は、不可解な懇願とともに貴沢の耳へと届いた。

2

勉強は日々の積み重ねだ。夏休みといえど手を抜くことはできない。

中学校までは余裕でついていけた勉強も高校に入るとたんに難しくなった。それでも弱音を吐けない。宇城将親《うじょうまさちか》はそういう性格なのだ。

「お兄ちゃん、うざいんだけど」

三つ下の妹桜子《さくらこ》は、顔もスタイルもそこそこなのに、ねじった髪を高く結わえ、ノースリーブのトップスにホットパンツ、右手にうちわ、左手に五〇〇ミリリットルのペットボトルという、非常に残念な格好で仁王立ちしていた。レースが宝物だと言っていた昔は、ピンクのふりふりワンピースに大きなリボンで髪を飾り、将親のあとをちょこちょことついてきて可愛《かわい》らしかったのに今は見る影もない。

「その格好をなんとかしろって言ってるだけだろう」

「私がどんな格好してても私の自由でしょ。ラインストーンでキラッキラのグッズがマイブームなの！」

黒地に白の髑髏《どくろ》をプリントしてラインストーンで飾ったトップスは、派手さはあっても可憐《かれん》さはない。髑髏頭にピンクのリボンが添えてあってもちっとも萌えない。

「っていうか、お兄ちゃんが居間で勉強しなきゃいいだけでしょ！」

女だから恥じらいを持て、などと言うつもりはない。好きなときに好きな格好をするのは構わないと思う。

しかし譲れない一点がある。

趣味とは、人に迷惑をかけずに楽しむべきものだ。人を不快にさせた時点で、それは趣味ではなく迷惑行為に降格するのである。

「わかった。言い直そう。世間様に見苦しいから隠せ」

「なによその言いぐさ、ムカつく――!!」

きりっと言い放ったら、うちわとペットボトルが同時に飛んできた。ペットボトルを避けるとうちわが顔面にぶつかった。

「うお。相変わらず将親んとこは仲がいいな！　おっじゃましまーす」

青島建太《あおしまけんた》の声が元気に室内に響く。テーブルに落ちたうちわをつまんで振り返ると、抜群の運動神経でペットボトルをキャッチした建太がキシシッと笑っていた。五人兄妹《きょうだい》、兄二人とともに山を駆け回って育ち、素潜りと木登りなら誰にも負けないと豪語するだけあって相変わらず動きが機敏だ。

「これのどこが仲がいいんだ。それよりどうやって入ってきた？　玄関の鍵は……」

将親が睨むと、建太はテーブルの上に広げられた教科書と参考書を見て目を瞬《またた》いた。

「開いてた。なんだ。将親、勉強中？」

予想外の指摘に将親はさっと顔をそむけた。

勉強できなかったーとぬかしながら好成績を収める、クラスに一人はいそうな裏と表がある「実はひそかに頑張っているやつ」の気持ちが今ならよくわかる。ただし将親の場合は抜け駆けしようという気はさらさらない。必死な姿を見られるのが、ただどうしようもなく格好悪くて嫌なのだ。

「やっぱ進学校って大変？　遊んでる暇ない？」

「そ……そんなことはない。ちょっと気になるところがあったから見てただけだ」

「将親は偉いなあ」

建太はペットボトルをテーブルの上に置いて素直に感心する。居たたまれない。将親は積み上げてあった教科書と参考書の山をそっと隠す。小中学校のころは「なんでもできる宇城くん」だったのに、高校に進学したとたん「普通の宇城くん」になった。慌てて参考書を買いあさり勉強に明け暮れていたら、「勉強はできるが愛想の悪い宇城くん」という微妙なポジションに落ち着いてしまった。

交友関係をおろそかにしていたらグループに入り損ね、高校ではまごうことなきぼっちである。遊ぶ時間どころか、遊び相手自体がいない。

「……腑《ふ》に落ちない」

「ん？　なんか言った？」

「――なんでもない。で、どうかしたのか？」

「それがさあ、薫《かおる》が呼ばれてるみたいだって言いだして」

「まさか幽霊か？」

「助けを求めてるみたいなんだけど、生き霊《生きてるの》か死霊《死んでるの》かわからなくて、これからみんなで確かめに行こうって話になって。でも、将親、忙しいみたいだから……」

まずい、このままでは幼なじみたちにまで見放されてしまう。将親はテーブルをひっくり返す勢いで立ち上がった。

「仕方ないからつきあってやろう」

「お、おう。でも無理しなくていいんだぞ。俺たちだけで……」

「仕方ないから！」

身を乗り出し、頭突きをせんばかりの勢いで建太に顔を寄せると、小さな体がわずかにのけぞった。呆《あき》れたように肩をすくめる妹すら視界に入らなかった。彼にしては〝いつものように冷静に〟、周りから見れば〝これ以上ないほど必死に〟、建太に詰め寄る。

「お、おう。じゃあ一緒に行こっか？」

無事に誘ってもらえて将親はほっと胸を撫《な》で下ろす。

広さにして四畳ほどの玄関へ向かうと、叶本気《かのうモトキ》が暇そうに外をぶらぶらと歩き、久々津《くぐつ》薫は神妙な顔で「おはよう」とあいさつし、新たに加わったモトキのクラスメイトの外輪《そとわ》法介《ほうすけ》は靴箱の上の花瓶が気に入ったらしく奇声をあげていた。変なやつだ。

「……一人なのか。妹は？」

声をかけると、法介はぱっと顔を上げて将親を見た。

「おはよう、将親くん。萌波《もなみ》は菜々《なな》先生が隣町の図書館に連れてってくれて……あ、菜々先生は叶の家に住んでる高校の校医で、河童《かっぱ》の絵本を借りるときお世話になって」

　今回は男五人で出かけるということらしい。将親は小さく息をついて話題を変えた。

「どうして俺のことは名前で呼ぶのに、モトキのことは名字なんだ？」

　デジカメ片手ににこやかに笑う法介は、さぐるようにモトキを見た。

「え……今さら名前って……モ、モトキく……」

　じろりとモトキに睨まれて法介が口をつぐむ。別に嫌じゃないのについつい無用な反応をしてしまうのがモトキだ。ふ、ガキめと、靴を履きつつ鼻で笑っていると、なぜか薫にぽんぽんと肩を叩かれた。

「なんだ？」

「なんでもない。それより、ここらへんの山の所有者って宇城家だっけ？」

「全部じゃない。……助けを求める声っていうのは、赤姫《あかひめ》は関係ないのか？」

「え、ちょっと待って！　赤姫って本当に成仏してないの⁉」

　法介が会話に割り込んできた。

　赤姫祭り最終日の夜、本殿に向かった将親は、ご神体である市松人形《いちまつにんぎよう》が笑うのを見た。冷ややかに口角を引き上げるその姿を見た瞬間、これだと思った。これが元凶だ。これを壊さなければ――そう思ったときには市松人形を床に叩きつけていた。人形の顔面にヒビが入り、中から黒いもやのようなものが零《こぼ》れ、それが消えたとき、モトキたちが現れた。後日、それを父に伝えたらこんこんと説教された。大火《たいか》で死んだ赤姫は一度きちんと葬《ほうむ》られている。胎児《たいじ》が市松人形に納められていたなら、相応の理由があるはずだ。それを壊すやつがあるか、と。赤姫祭りの三日以外にも引きが強くなるかもしれないと、父はその筋では有名な高僧に供養を頼んだ。ところが、念が強すぎて一緒に供養することができず、遺体のみ埋葬し、人形は修繕して今まで通り祀《まつ》ることになった。

その人形は、今後も宇城家の蔵に収められることになっている。

「神様が成仏すると思うか？」

真っ青になった法介に問い、ついで薫を見る。大祭《たいさい》が終わって一週間はなにごともなく過ぎたが、記憶障害以外に赤姫に引かれた後遺症がないとも限らない。

「聞こえてるのは本当に赤姫の声じゃないのか？」

「違うと思う。僕は今まで、赤姫の姿どころか声も聞いたことがないし」

「――霊感があるのに？」

「赤姫を見るのに霊感はいらないよ。赤姫は、会う必要があると思った相手の前に、彼女の判断で姿を現すみたいだから」

意外だ。薫は何度も赤姫を見ているとばかり思っていた。

しかし、改めて言われると納得する部分もある。赤姫の目撃談は、昔から霊感のあるなしにかかわらず存在するのだ。

「あ、赤姫じゃなくて、三年前に亡くなった将親のおじいさんなら見かけたよ。心配そうに池を覗いてた」

薫の言葉で、将親は裏庭の池を取り壊す話が出ているのを思い出した。祖父お気に入りの錦鯉《にしきごい》が弱っているから、心配で様子を見に来たのかもしれない。

「父さんに言っておく。鯉は治療して、池はそのままにしておけって」

「うん。……祭りが終わってしばらくは、不思議と霊が多いんだよね」

「なんかあそこでさらっと怪談がはじまってるけど。ねえ叶！　あそこで怪談が！」

将親と薫がしみじみと話していると、三歩離れた場所で法介がモトキの腕を揺さぶっていた。

「いつものことだ。気にするな」

「いつもってなに⁉　薫くんって霊感少年⁉　叶の同類⁉」

「うるさい」

仲がいいのか悪いのか、さっぱりわからない二人だ。しかし、人とかかわろうとしないモトキに友人ができたのはいいことだと思う。こんなに騒がしい友人なら、さすがのモトキも一人で暗く思い悩む暇などないだろう。

思わずぐりぐりと法介の頭を撫でると、「はう!?」と、変な声が聞こえてきた。

「グッジョブ」

「え、あ、どうも??」

大量の疑問符とともに、法介がずれた眼鏡を直す。

「で、声っていうのは山のどの辺りから聞こえるんだ?」

将親が尋ねると薫が手招きした。なにか事件なら大人を呼ぶべきだが、判断がつかないときは皆で確認するのが鉄則になっている。なにせ薫は、生きている人間と死んでいる人間がたまにごっちゃになってしまうのだ。事件だと思って人を呼ぶと、寝ていた人からなんらかの理由で魂魄《こんぱく》が抜けていただけということが何度かあった。説明してもいたずらだと思われこっぴどく叱《しか》られてしまうので、以降は軽率な行動を控えるようになった。

竹林を抜けて西に進み、コンビニの前の道を曲がって南に向かう。ちょうど、建太と薫の家の真ん中の道を突っ切って山に入った。薫の足取りにはまったく迷いがない。

「……モトキ、なにか聞こえるか?」

将親の問いにモトキは軽く肩をすくめる。生まれつき霊感があるという薫は日常的にさまざまなものを目にしているが、モトキはそこまで霊感が強いわけではないらしい。

　薫が先頭に立って歩くのを見ると、どうしても緊張してしまう。

「大自然だねえ。今度、サンドイッチ作って萌波とピクニックしようかな」

「つきあってやろう」

　すっと将親が手を上げる。

「え、一緒に行ってくれるの？　ありがとう。萌波も喜ぶよ」

「じゃ、俺がおすすめスポットに案内してやるよ」

「建太のおすすめスポットは崖の上とか木の上とか、普通に行けないところだろ」

　将親が呆れて建太を睨む。萌波なら滝壺《たきつぼ》に行ったほうが喜ぶに違いない。あれこれ言い合いながら草の生い茂る道を歩くと、薫どころかモトキの表情まで硬くなっていた。

「どうかしたのか？」

「……なんか気配がする」

　モトキが顎《あご》で薫の前をさす。しかし、将親にはなにも見えない。建太や法介にも見えないためきょとんとしている。

「ホラー？　ねえそれホラー？　このままついていったら呪われちゃう？」

　緊張気味に尋ねながらも法介の指はシャッターから離れない。意外と根性があるらしい。

道ともいえない山道には車の走ったような跡があった。しかもまだ新しい。轍《わだち》をたどるように山道を進むと、白いバンが一台止まっていた。木々に邪魔されてそれ以上進めなかったのだろう。車の中を覗くと、ハートの散るピンクのクッションや大きな熊《くま》のぬいぐるみ、お菓子の入った籠《かご》があった。実用向けな車の外見とファンシーな中身がミスマッチだ。

さらに進むと建物が見えた。どっしりとした洋館である。手入れされずに放置されていたのか、四方から伸びた木々に呑《の》み込まれそうだった。

「あ、……気配が、消えた」

薫が洋館を見つめたまま小さくつぶやいた。

将親はおぼろげな記憶を掘り起こす。昔、資産家が夏の間だけ避暑に来ていたはずだ。十年前に妻の連れ子が失踪《しっそう》し、妻は館にとどまり娘を捜すと騒ぎ、夫は館を手放すことを決め、村でも噂《うわさ》になった。以降はときどき旅行者が避暑に使う程度で人が寄りつかない。

薫はまっすぐ玄関ドアに向かった。風雨で荒れ、すっかり威厳を損なってはいるが、建物にふさわしいどっしりとしたドアだった。

「すみません、誰かいらっしゃいませんか。すみません。少し、お伺《うかが》いしたいことがあるんです。誰かいらっしゃいませんか」

薫がドアを叩く。が、返事はない。しばらくノックを繰り返すが館は沈黙し続けた。

「いないんじゃないか？」

洋館の周りも荒れすぎて人がいるように見えない。将親が辺りを見回していると、

「でも、車が止まってる」

モトキが厳しい口調で返してきた。

「わかった。ハイキングに出かけてるんだよ。ここらへん歩き甲斐《がい》があるから！」

建太が適当なことを言いながら館の周りをうろうろと歩き出す。別の場所を調べたほうがいいのではないかと思案していると、今度はモトキがドアを叩きだした。

「すみません！　誰かいませんか！」

ドアが激しく揺れる。が、やはり反応はない。

「寝てるのかも。部屋もいっぱいあるみたいだし、気づかないだけじゃないかな」

法介がデジカメで写真を撮りながら言う。「校内新聞は〝男子高校生は見た、洋館の怪！〟ってタイトルでもいいなあ」と、スキップで遠ざかっていく。

「……役場に聞いてみるか」

地域振興課が農業体験だの空き家活用だのという取り組みをしていたはずだ。将親はズボンのポケットから携帯電話を取り出した。登録してある番号から役場に電話をかけ担当に代わってもらうと、「借り手が見つかったんですよ」と浮かれた声が聞こえてきた。

「貴沢さんって方なんですけどね、広報活動を頑張ってきた甲斐がありました。これを機に、村で使われていない施設を活用していこうってことになりまして……あ、来年はスイカ狩りっていうのも企画していて、プリンスメロン狩りなんかもいいかなって。でも、プリンスメロンって、名前はメロンでも見た目は瓜っぽいじゃないですか。編み目がないとメロンって気がしないって上司に言われて、人が集まらないんじゃないかと……」

将親は無言で通話を切った。

「どうだった?」

「地域振興課の担当はクビでいいと思う」

モトキの問いに即答し、「いや違う」と、言葉を取り消す。

「貴沢ってやつが借りてるみたいだ」

借り手がいることはわかった。さてどうしたものかと思案していると、再びモトキと薫が入れ替わってドアを叩きはじめた。

「貴沢さん!　いらっしゃいませんか、貴沢さん!」

ドアを破るか、窓を割るか——しかし、仮になにもなかったら、またこっぴどく叱られることになるだろう。器物損壊。そんな単語が脳裏をかすめる。館の裏からなら安全に室内を覗けるのではないか、そう考えていると法介どころか建太の姿も消えていた。

「どこ行ったんだ、あいつ……あっ……!?」

辺りを見回してぎょっとする。建太がものすごい勢いで木を登っているのだ。

「な、な、なにしてるんだ、お前は！」

木がわさわさと揺れる。下りろと合図する将親に気づき、建太が大きく手をふった。違う、そうじゃない。頭に葉っぱをくっつけ生き生きとする建太に悲鳴があがる。

「下りろ！」

なにかやらかす気だ。間違いない。とっさに木に駆け寄ろうとしたら背後で蝶番《ちょうつがい》が軋《きし》んだ。将親は口を閉じる。玄関ドアの隙間《すきま》から痩《や》せた男が迷惑そうに顔を出した。短く切った髪は清潔なのに、顔色が悪いせいでひどく不健康に見える。チェックのシャツに細身のジーンズ。取り立てて特徴のない男は、黒縁眼鏡の奥の目を細めた。

「なんですか？」

神経質に高い声が尋ねてくる。ドアの隙間から見える玄関フロアは埃が溜まっていて、何度も往復したとしれる足跡がくっきりと残っていた。

「あの……」

「道なら知りませんよ。俺はこの村の人間じゃありません。山を下りて訊いてください」

「道？」

薫が首をかしげると、貴沢は顔をしかめた。

「……違うんですか？　さっきから、女の人が何度も道を尋ねにきて……ああ、ちょうどいい。見かけたら教えてあげてください。それじゃ」

閉じかけたドアの隙間に薫が足を挟む。普段の薫からは想像できない行動だ。

「あの、お一人ですか？」

「――一人ですよ。なんなんですか？」

貴沢の顔がとたんに険しくなる。ドアを閉めようと、薫の足が挟まっているにもかかわらず強引にドアノブを引いていた。

そのとき、枝が激しい音をたてて揺れた。将親ははっと横を見る。木を登っていた建太が洋館の屋根に飛び乗っていた。ひっと将親の喉が鳴った。

「なんですか？」

ドアを大きく開け、貴沢がぬっと顔を突き出す。ひらひらと落ちる木の葉を見てゆっくりと顔を上げる貴沢に、将親は木々に行く手を阻《はば》まれた車を指さした。

「あのバン、貴沢さんのですか。古いものですよね」

「……ちょっと必要になって、最近中古を買ったんです」

貴沢の視線が揺れる木から離れてバンへ移り、再び木に向けられる。そのまま不自然に揺れる枝を凝視した彼は、ぐいっと首をねじった。将親の顔面から血の気が引いた。軽快に赤瓦《あかがわら》を移動した建太が煙突に手をかける。貴沢が足を踏み出し屋根を見たとき、建太の体は間一髪、煙突の中に吸い込まれるように消えていた。

どっと嫌な汗が噴き出した。体感温度が五度は上がった気がした。

「この洋館、なんか出そうだね！　幽霊とか、幽霊とか、幽霊とか！」

微妙なタイミングで法介が帰ってきて、貴沢を見て目を輝かせた。

「中も写させてください！　荒霊《あらたま》高校一年、新聞部の外輪法介です！」

「お断りします」

あっさりとドアが閉まり、デジカメを構えて興奮する法介は肩を落とした。

「残念だ……あれ？　建太くんは？」

きょろきょろと辺りを見回す法介に、将親は溜息をつき、モトキは苦笑いし、薫はそっとドアを指さした。

「……え、中？　どうやって？」

法介が首をかしげてドアを見る。とにもかくにも、建太は侵入に成功したわけだ。なにも問題がなかったら窓を開けて勝手に脱出するだろう。なんにでも率先して首を突っ込みたがるあの性格は、きっと一生直らないに違いない。

「法介くん、女の人を見なかった？　道に迷ってる人がいるみたいなんだけど」

薫に訊かれて法介は首をひねった。

「見かけなかったよ。こんなところに人が来るの？　あ、山菜採りか！」

ポンと法介が手を打つと、モトキが溜息をついた。

「山菜採りは四月から七月にかけて。八月になるとめぼしいものはなくなる」

モトキの曾祖母《そうそぼ》は山菜採りが大好きだ。毎年四月になると将親の家にやってきて、山に入っていいか訊いてくる。そんな夜は決まって採りたての山菜が食卓に並ぶのである。

「……虫取りとか」

「女が虫取りなんてすると思うか？」

モトキにことごとく否定され、法介はうなる。

「下山できないで困ってるのかなあ。そうだ。道に迷ってるっていう女の人、捜してみる？　館のこと、なにか聞けるかも」

建太から連絡が入るまでしばらく時間がかかるだろう。そのあいだここでじっとしているのもヤブ蚊《か》の餌食《えじき》になるだけだ。道に迷った女から情報が手に入るなら一石二鳥と考え、将親たちは法介の提案に賛同した。

3

煙突は思ったよりずっと狭かった。

体が小さくてラッキーだった。挟まったら出られなくなっていたに違いない。両手と両足をつっぱって慎重に下りながら、建太はほっと息をつく。

とたん、手が滑った。

「うおっ」

体が急降下し、指先が煉瓦《れんが》を弾《はじ》く。両腕をつっぱり、靴でブレーキをかけるも速度が落ちない。

「くそ……っ」

腕に焼けるような痛みを覚えながらも歯を食いしばる。

足下が明るくなったところで落下が止まった。すすで真っ黒になりながらも煙突から這《は》い出すと、すすを吸い込んでしまったらしく激しく咳《せ》き込んだ。

遠く、ドアの閉まる音がした。

建太は慌てて両手で口を押さえた。ぐふっと喉の奥が低く鳴る。近づいてきた足音が止まった。

「なんだ？」

神経質そうな声が聞こえ、足音が再び聞こえてくる。規則正しい音がドアの前で止まり、ドアノブがカチリと音をたてた。

「…………!!」

暖炉の周りはすすだらけ——それどころか、舞い上がったすすが建太の足跡をくっきりと絨毯《じゅうたん》に残している。

建太は身を低くしたまま一気にドアまで駆けた。ドアが開く瞬間、体を反転させて両手でドアに張り付き、膝《ひざ》をぴったりと床につけた。

ドアノブが頭上でガタガタと音をたて、強い力がドアに加わる。

「なんだ、このドア。開かないじゃないか！　ボロ屋が……!!」

苛立《いらだ》つ声とともにドアが一つ大きく揺れ、溜息のあとで足音が遠ざかっていった。じっと耳を澄《す》ました建太は、他の部屋のドアの開閉音を聞いて全身から力を抜く。

「やばかった」

なんだかよくわからないが危険なにおいがする。野生の勘というべきなのか、建太はこの手の判断を誤ったことがない。薫やモトキのように霊感はないが、緊張で肌がピリピリするときは最大級警戒する必要のあるときだ。

建太はドアに耳を押し当てて音をさぐる。人の気配がないことを確認してするりと廊下へ出た。外もだいぶ荒れているが、建物の中も空気が濁《にご》ったようなにおいがする。

慎重に廊下を歩いていると、男の声が聞こえてきた。

「まったく、邪魔ばっかりしやがって。あの子が待ってるんだ。急がないと拗《す》ねちゃうじゃないか。……えっと、茶葉はどこに入れたっけな。ティーポットは……ああ、あった。女の子ならやっぱり白磁のティーポットだよな。あの子にぴったりだ」

どうやらもう一人、女性が館にいるらしい。口調から相手のことを大切にしているのが伝わってくる。恋人なのだろうか。そう思ったが釈然としない。大事な恋人が一緒なのに、こんなに埃だらけの館に案内するなんて、いくらなんでも不自然だ。

「あの子はなにが好きかな。パンケーキ、シュークリーム、プリン……やっぱり甘いものだよね。まだ小さいんだし」

——おかしい。小さい子？　親子？　だったら嗜好《しこう》くらい把握《はあく》しているだろう。一時的に預かっているだけかもしれないが、ならばなおさら好きなものくらい知っていてもよさそうなものだ。

建太は混乱する。

だいたい、どうしてこんな辺鄙《へんぴ》なところに来ているのだろう。観光地でも、有名な避暑地でもないこんな場所に。

　ふいに玄関ドアを叩く音がして、建太は飛び上がった。

「またかよ！　何度目だよ！」

　男が声を荒らげる。どたどたと忙《せわ》しない足音が近づいてくるのを聞き、建太は転がるように駆け出して近くにあるドアの内側に滑り込んだ。隣室のドアが激しく音をたてて開き、廊下の板を軋ませながら足音が通り過ぎる。「しつこいんだよ！」と男が叫んだ。

「またあんたか！　だから何度も言ってるだろ！　道は知らないんだって！　道に迷ってるならさっき来たやつらに訊けばいいだろ！」

　男の怒鳴り声に建太は首をひねる。

「……道に迷った？　薫は誰かが助けを呼んでるって言ってなかったか？」

　建太はドアを開けて廊下をうかがった。足音を忍ばせて玄関フロアに向かい、目をぎらつかせた男が角材を振り回しているのを見てぎょっとする。

「いい加減にしろ！　け、警察呼ぶぞ！」

　怒りで顔を真っ赤にした男は、声を裏返しながら角材を振り上げた。幼なじみの一大事――そう思って身を乗り出した建太は、男が一人で暴れていることに気がついた。

「え、なんで一人で騒いでるんだ？　薫たちは？」

大きく振り回した角材がドアに当たる。男はよろめきながら外へ出て、見えない敵に向かってなおも角材を振り回していた。やばい人だ。建太はそう確信した。ここにいるもう一人が誰であろうと、あんなのと一緒にいたら大変なことになるに違いない。

暴れる男を玄関に残し、建太は近くのドアを一つずつ開けていった。人が住んでいないにもかかわらず、部屋には家具や調度品が多く残されていた。

「本当に女の子なんているのか？　もしかして脳内彼女とかいうやつ？」

彼にしか見えない敵に角材を振り回すように、彼にしか見ることができない女の子なのかもしれない。いったん引いたほうが賢明か——そう思ったのに、台所でいかにも女の子が好みそうな食器や甘いチョコレート系のお菓子を見つけてしまった。

「脳内じゃないのか？　そ、そうだ、みんなと連携すれば……」

男が混乱しているあいだにみんなに突撃してもらおう。名案にポケットをさぐった。しかし、家を出るときに確かに入れておいた携帯電話が見当たらない。全身をべたべた触ってから、建太はさっと青ざめた。煙突から侵入したときに落としたのだろう。

取りに行こうと踵《きびす》を返したとき、楽しげな笑い声が聞こえてきた。

建太は廊下の奥を見る。他のドアとは明らかに違う、真っ黒な鉄のドアがあった。笑い声は、どうやらそこから聞こえているらしい。少し背筋がぞくぞくしたが、建太はかまわず駆け寄って鉄のドアノブをひねった。が、開かない。鍵がかかっているらしい。

建太は腰を落とし、軸足である左足に力を込める。そのまま勢いよくドアに回し蹴《げ》りを叩き込んだ。

「見ろ！　兄ちゃん直伝《じきでん》！」

激しい音とともに開いたドアに建太はぐっと拳《こぶし》を握った。上に男兄弟が二人いると、日常は戦場である。お菓子争奪戦で鍛えた俊敏さと山で培《つちか》ったバネは伊達《だて》ではない。

「大丈夫か⁉」

建太が叫ぶ。ドアの奥は木の階段になっていて、驚くべきことに地下室に続いていた。高さ一〇センチ、幅二〇センチの窓があるだけで、地下室内を実質照らしていたのは板張りの床に置かれたランタン型の懐中電灯だった。懐中電灯の前には、リボンがついた水色のワンピースを着た少女がちょこんと座っていた。音に驚いたのか、目がまん丸だ。

「お兄ちゃん、だあれ？　まっくろね？」

四歳か、あるいは五歳――小学校に通うにはいささか早いとしれる少女が問いかけてくる。あどけない眼差《まなざ》しに恐怖心などは読み取れず、建太はほっと息をついた。

「俺は正義の味方。ねえ、なんでここにいるの？」

自分から入ったとは思えなかったが、用心のため尋ねてみる。すると少女は小首をかしげた。

「わかんない。知らないおじちゃんに声をかけられて、真っ暗になって……でも、泣かなかったよ。ドングリをいっぱいもらったの。きれいな石も」

少女の座るクッションの前には、形のいい木の実とつるつるの石、それに色とりどりの花びらが置かれていた。

「お友だちも、一緒に遊んでくれたから」

室内にいるのは少女一人——木製のワインセラーが並んでいるが、とても隠れられる作りではない。奇妙に思ったが、建太は階段を下りて少女に手を伸ばした。

少女は建太をじっと見つめる。その瞳がゆっくりと見開かれた。板が軋む音がかすかに背後から聞こえ、風を切る音が続く。建太は少女を抱きかかえて横に飛んだ。ガッと床板が音をたて埃が舞い上がる。床を転がりつつ肩越しに振り返ると、玄関ドアで暴れていた男が立っていた。どうやら騒ぎすぎたらしい。さっきは角材だったのに、今はご丁寧《ていねい》に鉄パイプ持参である。

男が再び鉄パイプを振り上げた。建太は少女を突き飛ばして床を蹴った。頬《ほお》をかすめた鉄パイプが、勢い余ってワインセラーの一つをなぎ倒し壁を削った。

「俺の天使に汚い手で触るなあ！」

男が吠《ほ》えて鉄パイプを振り回す。建太は勢いをつけて床を蹴り、鉄パイプを避けると男の足に体当たりした。もつれ合うように倒れ込み、男が鉄パイプを取り落とす。建太はとっさに手を伸ばした。だが、わずかに足りなかった。鉄パイプは再び男の手に戻っていた。

建太に馬乗りになり、男が嬉々として鉄パイプを振り上げる。

建太は反射的に両腕で頭を守った。

ごっと鈍い音がした。だが、不思議と痛みはなかった。おかしい――そう思って顔を上げると、振り下ろされた鉄パイプが途中で止まっていた。

「おい」

聞こえてきた声は、鉄パイプをおのれの右腕で受け止めた張本人――将親のものだった。整った顔に表情はない。本気で怒っているときの顔だ。

将親は素早く鉄パイプを摑《つか》んだ。

「お前、俺と同類だな?」

呆気《あっけ》にとられる男に、将親は今までに聞いたことがないほど静かな声で呼びかけた。われに返った男が鉄パイプを奪おうと力を込めるがいっこうに動かない。将親は冷ややかな目で男を見おろして言葉を継いだ。

「幼女は愛らしいだろう」

——正直、将親がなにを言っているのかさっぱりわからなかった。だが、男は激しく反応してぶんぶんと首を縦にふっていた。

「俺たちに許されるのは、彼女たちを遠くから見守ることだけだ。修験者のようにただひたすら見守り、彼女たちから助けを求められたときだけ手をさしのべる。見返りは求めるな。それが愛好家の正しい姿だ」

いつの間に愛好家の話になったのだろう。疑問符を浮かべる建太とは反対に、男は激しく震えだし、驚いたように座り込む少女を見た。

「俺は、その子を、あ、愛して……」

「勘違いするな。それは自己愛だ」

言い切られて男はぐっと唇を噛《か》んだ。

「それから、趣味は周りに迷惑をかけずに楽しむものだ。人を傷つけた時点でお前は愛好家失格だ。幼女を語る資格はない」

きっぱりと断言され、男はくずおれた。相変わらず建太はどのポイントで突っ込みを入れていいのかわからずにぽかんとするほかない。少女は無事だからよかったのか、という点で妥協することにした。

「……知ってたけど、将親っていろいろアウトだよな」

「僕もうすうす気づいてたけど、将親のストライクゾーンは六歳までなんだよね」

階段上からモトキと薫の溜息、さらに法介の絶叫が聞こえてきた。将親は男の手から鉄パイプをむしり取ると携帯電話を取り出した。そのまま少女に立つよううながすが、彼女はなかなか動こうとしない。

「どうしたんだ？」

建太が訊くと、少女は鉄パイプの一撃で激しく損壊した壁を指さした。

「お友だちも一緒に行くの」

「友だち？」

ぱらぱらと小さなコンクリート片が剝《は》がれる。その中から、茶色く汚れた布が覗いた。

将親はとっさに少女を抱き寄せ、その視界を塞いで息を呑んだ。

埃を舞い上げ、コンクリートの塊《かたまり》が床に落ちる。

「も……もしもし、警察ですか？　洋館の地下から……少女の、遺体が――」

そこで将親は声を詰まらせた。

終章
神の棲む村

貴沢一貴《きざわかずき》が警察に連行され少女は無事に両親のもとへ帰った。

将親《まさちか》の腕の怪我《けが》もたいしたことはなく、事件は無事に幕を下ろした。

――しかしそれは、一件落着とは言いがたい結末だった。

二十年前、資産家が荒霊村《あらたまむら》に避暑用の別荘を建てた。その十年後、資産家の再婚した女性の連れ子が神隠しに遭った。ここまでは将親の記憶にもある。当時はまだ六歳だったが、赤姫《あかひめ》に引かれたのではないかと村中の噂《うわさ》になったからだ。

まさか、義父に殺されて地下室の壁に埋められていたなんて――。

当時、その事件は地方紙に小さく載ったにすぎなかったが、十年後の今になって週刊誌に大きく取り上げられることになった。可愛《かわい》らしく微笑《ほほえ》む少女の写真を見るとひどく胸が痛んだ。あんな場所で十年間も、さぞ寂しかっただろう。

叶《かのう》家の縁側で週刊誌を凝視していると、五キロ強の叶家の飼い猫〝日本丸《にほんまる》〟が、のしのしとやってきて、クソ暑いのにぴたりと寄り添ってきた。ついで、昼間から花火で遊んでいた幼なじみたちの輪から抜け出した薫《かおる》が、日本丸を真似るように寄り添ってきた。

「見つけてあげられてよかったね」

「……そうだな」

薫が週刊誌を覗《のぞ》き込み、目を細めた。

「この子だ」

「え？」

「僕を呼んだ子。地下に閉じ込められた女の子の遊び相手になったのも、たぶんこの子だよ。女の子を助けてあげたくて、館から出てきてくれたんだね」

薫がそっと微笑んだ。寂しがる女の子を慰めるために一緒にいる幽霊——なんだかやっぱり切なくなる。本当は自分こそが寂しかっただろうに。

「一つ、不思議なんだけど」

どうやら話が聞こえていたらしい。モトキがやってきて、日本丸をひょいと抱き上げた。

「地下室に集められていた木の実とか石とか、どうやって運んだんだろう」

「この子が運んだんじゃないのか？」

ポルターガイストという、幽霊がものを動かす超常現象がある。薫に助けを求めたのが十年前に殺害された資産家の義理の娘なら、今回誘拐された少女を慰めたのも彼女だ。当然のように将親が週刊誌に載る資産家の娘を指さすと、薫が難しい顔になった。

「……別の週刊誌に載ってたんだけど、今回誘拐された子は、〝二人のお友だち〟が代わる代わる遊んでくれたから怖くなかったって言ってるらしい」

「二人？」

「一人は十年前に死んだ資産家の娘。もう一人は赤い着物の女の子。赤い着物の女の子が、木の実なんかを持ってきてくれたんだって」

薫の言葉に、将親とモトキは同時に息を呑《の》んだ。

「それから、貴沢が言ってたでしょ。道を訊《き》きにきた女がどうのって。あっちは、赤い着物を着たきれいな女の人だったたって」

「「!!」」

「貴沢が地下室に行こうとするたびに邪魔するみたいに玄関ドアを叩いたって……本当に、普段の赤姫って子どもの守り神なんだよね」

「それは普通にホラーだろ」

将親はうめいた。十年前、資産家の娘はしつけという名目で義父に地下室へ突き落とされ、階段から足を踏み外して亡くなった。もしあれが不運な事故でなかったら赤姫が守ってくれたのだろうか。そんなことをちらと考える。

「しめ縄は祭りのときだけつけたほうがいいんじゃないのか?」

疑問を口にしてから、父親の話を思い出した。昔は祭りの最中だけしめ縄を取り付けていたこともあったらしい、と。

「一年中赤姫に見つめられてたら神経がまいっちゃうよ」

さらりと薫に返され将親はうなる。今より治安が悪かったその昔、赤姫はもっと多くの人に〝認知〟されていたのかもしれない。そして彼らは、自己主張の強い村の守り神との折り合いを、しめ縄という形でつけていたのだろう。

昼間でも鮮やかなススキ花火を手に軽やかに踊っている建太《けんた》と、それを見ながら手を叩く萌波《もなみ》を遠く眺めて溜息《ためいき》をつく。

線香花火が落ちたのを機に、法介《ほうすけ》も将親たちのところへやってきた。

「でもさ、赤姫は危険だってわかってるのに、村にたくさんの子どもがいるっていうのも変な話だよね」

妙なことを言いだす法介を将親は軽く睨《にら》んだ。

「知っているか、外輪《そとわ》法介。地球上に十四枚、あるいは十五枚と言われるプレートのうち三枚にまたがる日本は地震大国だ。世界で起こる地震の一割はメイドインジャパンだ」

「う、うん、そうだね」

「そのうえ毎年必ずといっても過言でないほど台風が上陸し、活火山の数は百を超える。危険だろう？　危険だよな？　どうしてお前、日本に住んでるんだ？」

「……‼」

将親の言葉に法介がはっとする。危険を完全に回避することなど不可能だ。だったら危険と折り合いをつけ暮らしていくのも一つの道である。むろん赤姫は単に〝危険〟な存在というわけではない。赤姫は神で、それは自然同様に、ときに恐ろしいものというだけの話なのだ。

「萌波を守ってくれるように、ちゃんとお参りに行ってこよう」

荒霊姫神社の方角を向いて法介が手を合わせた。

一緒になって手を合わせていると、背後のふすまが開いてモトキの母がスイカをかかえてやってきた。息子の姿を見てほっと息をつき、両手でスイカをかかげ持つ。

「みんな集まってるから、スイカ割りでもどう？　三つもとれたのよ」

声を聞きつけ、花火をバケツに突っ込んだ建太が萌波の手を引いた。

もしかしたらこんななにげない日常を、赤姫はどこからかこっそりと見守っているのかもしれない。

そう思うと、悪くない気がした。

荒霊村には神が棲《す》んでいる。

子どもを守り、子どもを引く、怪異と呼ばれる類《たぐい》の神が。

そしてその村には、神を恐れながら神に守られる子どもたちが暮らしている。

引用・参考文献

『かわんたろ』西小路修一（新風舎）
『津々浦々「お化け」生息マップ』宮本幸枝、村上健司 監修（技術評論社）
『日本の妖怪FILE』宮本幸枝（学研パブリッシング）
『奇妙な祭り――日本全国〈奇祭・珍祭〉四四選』杉岡幸徳（角川書店）
『「かみ」は出会って発展する』加藤みち子（北樹出版）
『神になった人びと』小松和彦（光文社）
『神社の解剖図鑑』米澤貴紀（エクスナレッジ）

※この作品はフィクションです。実在の人物・団体・事件などにはいっさい関係ありません。

集英社オレンジ文庫をお買い上げいただき、ありがとうございます。
ご意見・ご感想をお待ちしております。

● あて先
〒101-8050　東京都千代田区一ツ橋2-5-10
集英社オレンジ文庫編集部 気付
梨沙先生

神隠しの森

とある男子高校生、夏の記憶

集英社
オレンジ文庫

2016年6月28日　第1刷発行

著　者　梨沙
発行者　鈴木晴彦
発行所　株式会社集英社
〒101-8050東京都千代田区一ツ橋2-5-10
電話【編集部】03-3230-6352
【読者係】03-3230-6080
【販売部】03-3230-6393（書店専用）
印刷所　株式会社美松堂／中央精版印刷株式会社

※定価はカバーに表示してあります

ISBN 978-4-08-680086-0 C0193

集英社オレンジ文庫

丸《まる》木《き》文《ぶん》華《げ》

カスミとオボロ

大正百鬼夜行物語

大正の世。『鬼の家』の異名をとる
伯爵家の令嬢香澄は、蘇った先祖代々の
守り神・悪路王に、朧と名をつけて
主従関係を結んでしまう。朧は人に憑く
鬼を食べて生きているというのだが…